叛逆女儿，
完美母亲

凑かなえ

[日] 凑佳苗 著

牧久音 译

人民文学出版社
PEOPLE'S LITERATURE PUBLISHING HOUSE

著作权合同登记:图字 01-2019-4099 号

《POISON DAUGHTER,HOLY MOTHER》
© Kanae Minato 2016
All rights reserved.
Original Japanese edition published by Kobunsha Co., Ltd.
Publishing rights for Simplified Chinese character arranged with Kobunsha Co., Ltd. through KODANSHA LTD., Tokyo and KODANSHA BEIJING CULTURE LTD. Beijing, China.

图书在版编目(CIP)数据

叛逆女儿,完美母亲/(日)凑佳苗著;牧久音译.
—北京:人民文学出版社,2021
ISBN 978-7-02-015397-8

Ⅰ.①叛… Ⅱ.①凑… ②牧… Ⅲ.①短篇小说-小说集-日本-现代 Ⅳ.①I313.45

中国版本图书馆 CIP 数据核字(2019)第 154377 号

责任编辑　甘　慧　王皎娇　王晓星
封面设计　李苗苗

出版发行　人民文学出版社
社　　址　北京市朝内大街 166 号
邮政编码　100705

印　　制　上海盛通时代印刷有限公司
经　　销　全国新华书店等

字　　数　130 千字
开　　本　889×1194 毫米　1/32
印　　张　6.625
版　　次　2021 年 7 月北京第 1 版
印　　次　2021 年 7 月第 1 次印刷

书　　号　978-7-02-015397-8
定　　价　50.00 元

如有印装质量问题,请与本社图书销售中心调换。电话:010-65233595

目录

我最亲爱的	1
最好的朋友	33
罪孽深重之女	71
温柔的人	102
叛逆女儿	135
完美母亲	174

觉得也没什么力气去生气了。"

母亲一边深深地叹息，一边对我说道。

"但即使是现在，你也还是会对我发火啊。"

"那些都要取决于事情的重要程度。打碎个茶杯而已，下次注意一点不就好了吗？但是，要是关系到你的学业和交友，那不是影响你未来的事吗？所以虽然妈妈已经很累了，但还是要狠下心来对你发火啊。"

妈妈对我的要求是，因为是乡下地方的公立学校，所以不能仅仅满足于名列前茅而已，必须一直保持在第一名的位置。那些在补习学校里怂恿我翘课的孩子，也绝对不能与他们再有任何往来。

当时我接受了母亲的辩解，却不知道六年后成为中学生的有纱，是否也接受了同样的训导。因为上了大学以后，我就搬出去了。

是东京的T女子大学，并不是什么厉害的学校。凭我的偏差值[①]完全有能力考T大学，但母亲却说，我必须去上女子大学，我也就只好妥协了。

毕业后我在一家化妆品公司上班。叫做"白蔷薇堂"。虽然那是行业内最大规模的公司，但和现在的我也没关系了。因为我只在那里干了一年半就辞职了。

理由是……

[①] 偏差值是一种教育统计的理念，适用于日本高中职学生上的学力推估，可换算出排名成绩。

如果你想说这事儿和有纱没有关系，那就免了。什么意思？那么，你不是应该一开始就告诉我，想听我讲什么时候、哪个阶段的有纱吗？

我认识的有纱就是和我在一起时的有纱，所以你要是因为我谈起只和我有关系的事就单方面打断我，说什么并不想听这种事，我可是会很难办的。再者说，你不觉得这对我很没有礼貌吗？

有纱回到这个家以后的事情？也对，毕竟你是想调查有纱的案子。你一开始就该问这个的。

有纱从东京回老家，也就是我们家，是在两周前。

隔壁镇上发生了一起对孕妇施暴的案子，她在那三天后回来的。挺可怕的，那孕妇走夜路的时候被人用棍子还是什么东西毒打了一顿。不过虽然婴儿没了，但孕妇得救了，比有纱还强一点。

新闻里说没抓到凶手，也搞不清楚动机，大概是随机杀人狂干的，因此，有纱也犹豫是不是不要回来比较好，但是她已经和医院约好了，也想在产后慢慢休息，所以还是决定按原计划回娘家生孩子。

我父母也争执了一番，说也许凶手不是以孕妇为目标，而是被害人恰好是孕妇，就没打算阻止有纱回老家。他们还是想亲眼见证第一个外孙的诞生吧。不过我们也多加警惕了。

有纱本来说要坐公交车到家附近，但因为那班公交要经过隔壁镇，我就开车去新干线车站接她。

看到从检票口出来的有纱，我不禁惊呆了。虽然我知道她距离预产期只剩一个月了，也想象到了她会有一个大肚子，但没想象到她那肚子都快从前面拱出来了。我心想她肚子里到底装了多少人，脑海中也不禁浮现出了她腹中好几个婴儿用奇怪的姿势折叠在一起的画面，觉得有点恶心。

话虽如此，我妹妹肚子里只有一个孩子。一个女孩。

我一直觉得自己的想象力是不是比普通人要稍微强一些呢，也不能说是想象力丰富，因为那些明媚的、美好的事情很少出现在我脑海中。但即使是没什么大不了的事，进入我大脑之后，也会变成阴暗、痛苦、令人作呕、令人想要尖叫的画面，在我的脑海中蔓延。

诚然我是不希望别人发现这一点的，但是如果浮现出的画面太过惊人，还是会在无意识间做出表情或发出声音，从以前开始我这点就常让人觉得毛骨悚然。虽然也想和人辩解，但要是和人家解释我脑海中的画面，恐怕只会更令人不适，所以我就承受着误会，被人敬而远之了。

要说不难受肯定是假的，但我习惯了。

"你觉得挺恶心的吧？"

这是有纱说的第一句话。我没和有纱聊过脑海中的画面，但她大概多多少少察觉到了吧。我觉得我们在这一点上不愧是姐妹。我想着无论如何要不要先否认觉得恶心，但看到有纱没有任何不快的表情，我便没有否认也没有道歉，假装没听见似的接过了她的行李。不如说，有纱是觉得被她大肚子吓到的我很有趣吧。

有纱坐到后排座位更好一些，但也许因为这是一辆迷你车，她坐到了副驾驶座上。毫不意外，她把安全带扯到头儿也扣不上。孕妇不系安全带好像是不违反交规的。要不是妹妹告诉我，我都不知道这种规矩。但是啊，难道孕妇不是才更需要系好安全带吗？

从车站到家，要在高速公路上开四十分钟。这四十分钟里，我一直担心随着自己的一脚刹车，妹妹会突然前倾，把肚子给撞破。我一边担心着，脑海里一边浮现出诡异的画面，以至于到家时，我已经在这大冬天里出了一身冷汗，浸透了自己的腋下和后脊梁。我当时浮现出的画面是这样的……

不想听？说真的，你能不能不要再这样突然打断别人的话了？和案子有没有关系都是你随便说了算的，判断的标准是什么？

要是在取舍选择上做出了错误的判断，那岂不是会漏过关键信息，让凶手逍遥法外更久吗？

如果你们在第一桩案子发生时就调查走访得更彻底的话，那有纱是不是也不用被杀了？

我很冷静。从有纱回到家以后继续说可以吗？

首先从我家平时的情况说起。我本来从化妆品公司辞职以后，暂时在东京做派遣劳工，不过还是依着父母的心愿回了老家，被母亲的熟人介绍了个职位来做。眼科医院的前台。因为有纱考上大学以后就搬了出去，然后就那么就职、结婚了，所以这十二年间，一直是我和父母三个人住在一起。

父亲和我都要出去工作的时候，我们一家日子过得相当规矩。早上六点半，三个人一起吃早饭，晚饭也是，晚上七点以后尽可能回家一起吃。饭后其乐融融地看电视。虽然一家人没什么特别开心的，但也没有争吵，安稳地过着生活。

有纱在东京的西装店上班。盂兰盆节和正月前后她一定会回家一趟，没什么事儿的时候也经常会突然回来，说着"旅行刚回来"这种借口回家露个面。那些时候也有几次，有纱是带着男人回家的。

第一次来的时候轰动全家。都跑过来见家长了，那不必说，是以结婚为前提交往的。父母和我都做好心理准备了，当天父亲还穿着西装去迎接了。结果，有纱连结婚的"结"字都没提，开开心心玩了几天就回东京了。

他们到底是以什么态度谈恋爱的啊？我强硬地要求母亲给有纱打个电话确认一下。

但是，母亲指示我们按兵不动：

"有纱也不是小孩子了，她肯定有自己的考量吧。"

大概是因为见识了第一次的情形，我也开始等待着有纱的消息。于是过了半年，她再次带着男人回了老家。但是不知怎么，和前一次不是同一个人。明明父母都觉得，这次大概才是正式的见家长了，还在外卖店点了些喜庆的饭食。结果那位突然被人招待了鲷鱼①的男人也根本就没提结婚这茬儿。

---

① 在日本文化中，鲷鱼被誉为"鱼中之王"，是遇到节庆或喜事时才吃的食物。

我去问母亲，都到了这个份上，应该要么和妹妹确认一下，要么说教她两句了吧？即使如此，母亲也还是连连摇头：

"时代不同了嘛。以前的人要是带着恋人见家长，那就等同于要结婚了，但是这对于有纱来说，就是招待朋友那种感觉吧。她从中学开始就经常带着朋友回家的。"

"这应该不是朋友哦。因为……"

我没法和母亲继续说下去，因为不想从自己嘴里说出些下流的话语。就是性……性交。我们姐妹二人有各自的房间。妹妹的房间在她结婚之前，也一直给她留着。不过，本身就是用高达天花板的书架分隔开的十二叠①西式房间，相互之间都能听清对方房间里的响动。

妹妹应该也知道这件事，但无论是和第一个男人，还是和第二个男人，她似乎都没有去克制做爱的声音。搞不好连在楼下睡觉的父母都能听见。尽管如此，他们还是容许了有纱不提结婚的事就回东京。

可明明在我刚回老家这边没多久的时候，仅仅是有男人给我打电话而已，母亲就在向我询问情况之前，去追问对方和我是什么关系、在做什么工作之类的事。当然，我也被严厉地叮嘱了。

说是结婚前要是学别人做那种事，绝对不会原谅我。

特别是未婚先孕，对母亲来说是最难以原谅的。要是做了那种事，我觉得母亲恐怕会和我断绝关系，甚至把我宰了也未可知。

---

① 叠是日本的房间尺寸计量单位，12叠约为19.44平方米。

光是看到电视节目里的艺人说到"奉子成婚",母亲就已经怒不可遏,怒骂他们竟敢坦荡地说出这种事。

我立刻就明白了,母亲并不是在斥责电视里的艺人,而是在叮嘱我。此后仅仅是看到报纸杂志上出现"奉子成婚",我的心里就躁动不安,头脑中浮现出母亲的面庞化作般若[①]、将我生吞活剥的画面,严重的时候还会伴随着头痛。

那样的日子,我一整天都没法静下心来工作,还因此被同事们在背后中伤为"没用的东西"。

然而,有纱"奉子成婚"了。

今年春天,有纱又带着男人回来了。她相当罕见地提前一周联系了我们,说要向我们介绍一个人。我也好父母也罢,被她虚晃一枪的次数两只手都数不过来,便觉得这次定然也是之前那种情形,等她回家的时候也没做什么特别的准备。

两年前年满六十五岁退休的父母亲,穿着当做睡衣的汗衫就去迎接午后抵达的俩人了。晚饭准备的也是比起质量更重视分量的烤肉。席间,妹妹碰都没碰筷子,铁青着脸去了很多次卫生间。"我提前说一声就好了。"她像是恨那个烤肉铁板似的,一边瞪着它,一边向全家人挑明了自己已有身孕的事。

我不知道自己是先倒吸了一口凉气,还是先在脑海中浮现出了般若的脸。总之我害怕得不敢看母亲的脸。父亲像是下巴脱臼了似的张大了嘴巴。他不是会掀翻了桌子殴打那个男人的类型。

[①] 传说中女人的忌妒或怨恨化作的妖怪。

不如说,这倒像是母亲会做的事。

但她的语气虽然有些不安,却丝毫没有生气的意思:

"这个,那个,这样啊……这么一来,不结婚可就不行了呢。"

岂止如此,明明还没正经打过招呼,那个男人也一边轻轻挠着头,一边红着脸反复说着这样的话:

"虽然有些突然,但请多关照了。哎呀,这个,这是长辈该说的台词来着?还是被求婚时该说的台词来着?"

他们说着不庆祝一下可不行,便不顾我还没吃完饭,让我去附近的酒屋去买点香槟回来。

"不是无酒精的,我不能喝哦。"

我明明已经拎着很重的酒瓶走回家了,有纱因为自己已经喝过了啤酒,便向我抱怨道。母亲拜托我说:"葡萄味的汽水也可以。"于是我又去了一趟酒屋。往返两次过后,我已经开始头疼。明明是自己买的酒,我也没和大家干杯,就回到自己的房间倒在了床上。

般若在我的脑海中狞笑。我想不通般若这种东西为什么会笑。但是因为想不通的话,头痛还会继续恶化,我躺下来一遍遍深呼吸,慢慢思考刚才那莫名其妙的情形。

一定和茶杯是一个道理。虽然母亲有体力的时候会发火,体力不那么充沛的时候,就只会对那些对未来有恶劣影响的事情发火。比起什么奉子成婚,有纱现在结婚还有了孩子,母亲则快抱外孙,没有半点不好的预感。原来如此,所以她才没发火的吗?然后,她也是因此献上祝福的吗?

我接受了这个解释以后,也能去参加餐后的阖家团圆了。我也重新和刚成了妹夫的正宗先生用啤酒干了一杯。正宗一边摊开双手的手掌给我们看，一边自我介绍说他在一家砖炉比萨很有名的意大利餐厅当厨师。

"你看起来真纤弱，和这双大手对不上号呢。但是可真好看啊。哎，大概是一直揉面的缘故吧。淑子你也来摸摸看？"

在母亲的催促下，我用右手食指在正宗的掌心摩挲了约莫三厘米。他的手掌明明让我感到比看起来还要光滑，然而当天夜里，我在棉被中的右手食指却像是带着热量似的隐隐作痛。

我正想着这是怎么一回事，指尖就开始变绿、腐烂、溶化，接着腐坏从手掌向着手腕扩散开来，双手都化为一坨坨一片片掉落而下的画面在我的脑海中放映着，接着我开始惨叫。

但是谁也没打算来看看我的状况。也许是因为我像这样在睡梦中无意识地惨叫，对他们而言已经家常便饭了。我醒过神来，再次闭上眼睛，再生的手掌又再一次从右手食指开始腐烂。

"得找到缘由才行，冷静，冷静，"我安抚自己说，"想想看，为什么手指会腐烂呢？"是我对正宗抱有自己都没察觉到的厌恶感吗？还是说不是厌恶感，而是正相反的感情？我想两者皆非。

我找不到答案。当双手第五次腐坏掉时，我听到了般若的笑声。般若露齿大笑着说："让男人碰你试试看啊。"

快停下，快停下，不都是你的错吗？不就是你说被男人触碰是淫秽的行为，对我下了诅咒吗？那个诅咒的声音，这次也在怂恿着我被腐坏吗？

对不起，是和妹妹完全无关的事情呢。这种时候我倒是反而希望你能打断我一下啊。还是说,我刚才说的话里面有什么破案的关键性提示吗?

比起这个,你要问的是什么来着?

对对对,是要我讲有纱回老家以后的事来着。

我们家现在没人出去工作。但母亲还是每天早上六点起床准备早饭。虽然父亲要早上八点左右才会起来吃饭,但和这个没关系,母亲是不想改变自己的生活节奏吧。她一个人六点半吃完早饭,到了八点,已经洗完了衣服、扫完了院子。

父亲过着和做银行职员时截然相反的生活,不紧不慢地吃着饭,读着报纸,看着电视。退休以后,他有时候就能这么度过一整天。但这日子过得实在是太无聊了,所以这几个月父亲开始热衷于盆栽。

怎么说好呢,我家每天都是暑假。

父亲这个样子,我也没有置身事外说他什么的资格。毕竟我都两年没有工作了。再加上这人还低血压,所以为了吃个早饭强逼自己早起,属实没必要。我每天都睡到快中午。

但是从半年前开始,每天早上七点起床成了我每天必须做的事。

有纱回来后的第二天早上,我听见厨房灶台那边传来阵阵笑声。早上起来就这么热闹,真是很多年都没有过的事了。我甚至都想不起来以前有过这样的时候。我打开门,看到不仅是母亲和有纱,连父亲都坐到了餐桌前。

热腾腾的米饭和味增汤。盐煎鲑鱼和煎蛋卷。原来刚做好的煎蛋卷闻起来如此香甜的吗？也许我偶尔一起吃个早饭也不错。

就这样，我们在安稳的气氛中迎来了早上。

"姐姐早上好，我先开动咯。"

有纱坐在很早以前就定好的位置上，她放下饭碗，向前挪了挪椅子，她高高隆起的腹部让她的椅子几乎贴上了身后的碗柜。

但是，坐在妹妹正面的母亲，却连看都不看我一眼就说道：

"没事的，有纱。你姐姐不吃早饭。"

一夜之间这儿成了以妹妹为中心的世界。既然如此，让我也加入进来不好吗？不好，我是被排除在外的人。要是以前，我的脑海中肯定会立刻浮现出难受的画面，但现在这种程度的事情我已经可以跨过去了。

因为我有个鼓舞人心的伙伴。

"你找思卡的话，它在院子里。"

我正窥探着餐桌下面，父亲一边看着报纸一边对我说。

"怎么回事？谁擅自给它放出去的？"

"我取报纸的时候那家伙自己跑出去的。不挺好的吗？我看它欢欣雀跃、蹦蹦跳跳的。"

"不行啊，那附近有些不好的东西在徘徊。"

和父亲对话实在令人着急，我打开了家里的后门。于是我看到思卡莱德[①]就坐在那边，一脸若无其事的表情。大概是看见我

[①] 思卡莱德（スカーレット），本意为腥红色。因为是名字，这里取音译。

的脸，觉得安心了，它喉咙里发出咕噜噜的呼噜声，迈着悠然的步伐走进屋来，朝着冰箱侧面铺着垫子的喂食区过来了。

"我马上给你准备哦。"

我从冰箱侧面的架子上拿出猫粮袋子，装满了思卡莱德的食盆。

"说起来，妈妈和我说过你开始养猫来着。"

有纱看着思卡莱德，对我说道。

"真是个没用的可怜东西呢。它名字是叫思卡?"

她揶揄着笑道。

"思卡莱德。"

我用确保她能听清楚每一个字的方式回答道。就算说是宠物，谁会愿意起名叫思卡呢？明明也不是不明白这个道理，但就是能脱口而出些像是在嘲讽的话来，这就是有纱。

即使被我纠正了，她也没露出丝毫退缩的表情，岂止如此，她继续说：

"原来如此呢。像是姐姐会取的名字呢。但是呢，你下次能不能去别的地方喂食？再怎么说，动物的毛都对小宝宝有危害吧？"

她又添了些难伺候的毛病。

"凭……"

凭什么我非得受你的差使不可？这是我的家，该出去的不是你吗？我本该这么反唇相讥的。

"确实啊。"

母亲一句话打断了我。

"吃饭的地方有猫毛在飘，这也不卫生啊。对不起啊有纱，你回来之前我没注意到这一点。淑子,把喂食区搬到外面去吧?不然搬到你房间里也行。"

怎么能让它在外面吃饭呢?猫粮的味道会把附近的野猫引来的。思卡莱德是个性情温和的孩子,肯定会被野猫袭击的。我当场抱起了思卡莱德,带着它回到了二楼自己的房间。

我把思卡莱德抱回屋子,又折返回厨房,把思卡莱德的餐具全都搬到了房间。我总觉得厨房就是吃饭的地方,才理所当然地把思卡莱德的喂食区也安排在了那里。其实打从一开始就设立在我自己房里就好了。

这样一来,要是以前睡觉的思卡莱德早上起来,擅自把门打开跑到厨房去,那我还必须睡眼惺忪地把它追回来。但仔细想来,它吃饱了以后也要去院子里玩,所以结果也差不了多少。

但是,为了思卡莱德而早起,我一点都不觉得辛苦。

因为脑海中那些画面和头疼的影响,我最长一份工作也只做了一年,即使如此,三四年前我总是马上能找到下一份工作。但现在因为经济不景气吧,我再也找不到适合自己的工作了。

父母倒也没紧着催我找工作,所以我就一边帮忙家务,一边悠闲地过着生活。但就算是这样,和外面的世界保持联结也是很重要的。因此我负担起了为晚餐购买食材的任务,大约每隔一天,就沿着国道去大型超市"Sunrise(日出超市)"采购。

明亮的灯光、超前于季节的时髦展品、轻快的音乐,我一进到店里,心情自然就好了起来。在家时还觉得心里堵得慌,一来到超市,心里就畅快了。

我心里想着，反正自己基本上一整天都不出门，外表是什么样子都无所谓。可到了"Sunrise"，当我的双眼看向新色号的口红时，当我的双手伸向玲珑可人的首饰时，我重新意识到了自己是一个女人。

然而不知何时开始，无论我到"Sunrise"多少次，无论我在这儿待多长时间，心情都不会再变好了。

因为右手食指开始变绿腐烂的画面在我的脑海中一遍遍地重播……

即使我在"Sunrise"里面，那画面也依然在我脑内放映着，结果也就没了购物的心情，我直接把装着商品的购物车推到收银台边上，跑到卫生间，不停地洗手，直到脑海中的画面总算消退了一些。

我松了一口气，离开卫生间，看到卫生间对面挂着一个揭示板。揭示板上除了特价商品的传单，还有几张手工制作的传单。

征集合唱团员、图书馆祭的通知、征集跳蚤市场的参加者……在这当中，有一张写着"征集小猫养父母"的传单。

传单上附有四只小猫的照片，可爱的样子让我不自觉停下脚步看了起来。我没有饲养宠物的经验，但是从小就喜欢动物。这么说来，我就想起了上小学前的事情。

有个住在附近的朋友，家里养的猫生了宝宝。我想起刚刚睁开眼睛的小奶猫的触感，身上的毛发是蓬松柔软的。明明看起来像是洁白的雪球，可趴在我膝上时却又是温暖的。我脑海中浮现出全身覆盖着白色软毛的画面，这让我的心里感到相当满足。

我想要这个小奶猫。朋友也说:"希望淑子能收养它。"去朋友家玩之前,我和母亲提了小猫的事情。那时母亲说:"我小时候也养过猫呢。"然后很怀念似的讲起了三色猫咪咪的事。因此,我觉得她一定不会反对我养猫。于是我鼓起勇气,开心地回到家,问母亲能不能养猫。

答案是不行。没办法的事。

"我马上就要生小宝宝了,要是小猫挠人可就麻烦了。"

明明我此前都一心盼望着小宝宝降生,但我记得,从那天开始,每当我看到母亲日渐隆起的腹部,心里就会觉得忐忑不安。

因为我脑海中唯一幸福的画面就是猫,所以我考虑要养一只猫。这次没什么需要顾虑的存在,父母也都赞成。

母亲觉得既然难得要养宠物,就从宠物店买来吧。我接受了母亲的提案,用电脑搜索,却没找到令我眼前一亮的小猫。我的脑海中一直回荡着的,还是揭示板上传单里的那四只小猫。

深色虎纹橘猫、浅色虎纹橘猫、白底斑点橘猫、白猫,一共四种。这几只橘猫都是圆脸大耳朵,大圆眼睛粉鼻头,长得特别可爱。但是唯有那只白猫长了一双没睡醒似的眼睛,再加上鼻子还有一半是黑色的,远远看上去就跟没擦干净鼻屎似的。

但是唯有那只白猫是母猫。但是当这四只猫出现在我脑海中时,唯有这只白猫会向我撒娇。它会趴在我的膝头,一边看着我,一边打着呼噜,心情很好地睡去。

紧接着有一天,出现了决定性的情况。我去看"Sunrise"的解释版,发现上面贴着补丁,说是白猫以外的三只猫都已经找到了养父母。照片上唯一一只没有被贴纸盖住脸的白猫似乎正在找我,于是我当场掏出手机,拨通了传单上印刷的电话号码。

从照片上来看,这只白猫尽是些显眼的缺点,但面对面看起来却不同。当然,我首先被它纯白色的绒毛夺走了注意力,在此之上,那双惺忪的睡眼似乎带着忧郁,半黑的鼻头像是魅惑的美人痣,它以相当高贵的姿态出现在我眼前。

那就是思卡莱德。

对不起,这次又不知从何时开始变成在讲猫的事了。

有纱对思卡莱德做了什么吗?她跟我说别在厨房喂猫,但除此之外就没什么特别值得一提的事了。

很多时候即使思卡莱德就在触手可及的地方盘作一团,有纱也会无视它的存在,继续看电视、读漫画。但有时候她想的话,也会到我的房间,把思卡莱德抱到起居室去。

我听说孕妇的精神状态容易变得不稳定,妹妹大概也是在心情低落的时候,去找思卡莱德治愈一下吧。

尤其是在有纱回来一周后,隔壁不是又有孕妇被袭击了吗?被害人陷入了昏迷,肚子里的孩子没保住。再怎么说,第二起案子发生以后,谁都会觉得这是以孕妇为目标的,连媒体也朝着这个方向去渲染。所以妹妹也不出去散步了,一整天都闷在家里,精神压力应该也越来越大了。

明明是这样的情况,但是为什么唯独那一天,而且还是夜里,她要出门去呢?

在那一天的三天前，妹妹去妇产科做了体检，我开车送她过去的。因为我没陪她进诊断室，也就没直接从医生嘴里听到诊断结果。

"大夫说离宝宝出生还有好一段时间，所以要我多出去走走。"

在回家的车上，妹妹这样对我说道。所以说，也不至于这样啊。要是有什么突然特别想吃的东西，明明可以叫我去给她买回来，实在没必要大半夜的自己在外面走吧？

一方面连环施暴案发生在隔壁町①，另一方面即使是在夜里，离家十分钟路程的地方就有一家便利店，去那里应该是安全的才对，要是没抄近道就好了。

像是正在销售中的住宅规划的那种地方，反而是伏击孕妇的危险分子会潜藏的地方不是吗？这大概是妹妹会想出来的路线吧。

那一天，父母一大早就出门去参加亲戚的法事了。他们本打算住一晚再回来，但我告诉他们接到了警察的消息后，二人就连夜赶回了家。好像是赶上了当晚最后一趟新干线。

虽然妹妹被发现时已经断气了，就算他们第二天赶回来，也不会有任何区别。

那天夜里，我不知道妹妹出门的事。要是注意到她要出门，就能多过问她一句是要去哪儿了。要是她打算去买东西，我就替她去买，要是她想去什么地方，我就陪她一起去。总之，她要是

---

① 町，日本行政划分。较大的町相当于中国的村镇、街道，较小的町相当于中国的社区。此处语境难以判断规模，故而保留原文。

能招呼我一声的话……

明明就能避免这出悲剧才是。

注意到有纱不在家，觉得不对劲，是我泡完澡出来以后的事了。我在更衣间看到妹妹的浴巾原封不动地叠好放在原处，就想去知会她一声，说我已经先洗完澡了。但我到起居室和客房看了一圈，都找不到她的人影。

是的没错，有纱的房间已经没有人了。

她婚后，我就移动了分隔房间的书架，把两边都变成了我的房间。当然，这是经过妹妹同意的。因此我们就把客房做了妹妹回老家安产的房间。虽然将我的房间分出一半这个提案也被讨论过，但母亲认为有纱挺着个大肚子，看不清脚下，上下台阶实在太过危险，所以最后安排在了一层的客房。

考虑到妹妹产后会卧床一段时间，安排在一楼也比较方便送餐。

所以那天夜里，我在二楼自己的房间，就可以断定妹妹要么就是在一层的起居室看电视，要么就是在客房躺着。

我也去厨房和卫生间找过了。我连桌子底下都找过了，因为在想搞不好是突然有了产兆，倒在了地上。"有纱，有纱"，我喊着她的名字。我又想，也许她在院子或车库里。也许她是把什么东西给忘在车里了。我这样想着，往玄关走去。就在那时，电话响了。是我们町的警察署打来的，说要询问关于有纱的事。

你是县警察署的刑警来着吧？

妹妹的手机，好像还没找到吧。包里的钱包好像也不见了吧。

是因为找到了母子手账①,才能立刻联系到我的吧。

我查了我家电话的来电记录。我知道在我接电话之前,同一个警察署给我打过一次电话,当时我正好在洗澡。

在此之前吗?所以说,在此之前我在二楼自己的房间里啊。我在干什么?

我在给思卡莱德消灭跳蚤啊。

*

我在消灭跳蚤啊——

出生后两个月就来到我家的思卡莱德大概是眷恋母亲吧,总之它总是趴在我膝上。它把头埋在我的大腿之间,盘成一团,我用手抚摸它的脖颈,它就咕噜噜地一边打呼噜一边用脸蹭我的手,没过一会儿就陷入梦乡。

我最喜欢将手指像梳子似的插进它洁白柔软的毛发中,轻柔地抚摸它温暖的身体。指尖温暖的触感,舒适得难以形容,当我抚摸思卡莱德时,指尖腐烂的画面是不会浮现在我脑内的。

思卡莱德是我的守护神。

然而那一天,当我像往常一样爱抚思卡莱德身体时,右手的食指尖却感到了一丝违和感。难道是粘上脏东西了?还是说它身上生了疣子之类的东西?我用按在思卡莱德身上的手指,轻轻地

---

① 母子手账,全称"母子健康手账"。在日本,孕妇可根据"母子健康法"向当地政府申请母子手账,作为母子二人的医疗记录本和申请相关社会福利的凭证。

将那东西取下来,发现是一个长约莫三厘米、棕黑色、椭圆形的东西,潜藏在毛皮之中蠕动着。

是跳蚤。我记得幼儿园的时候,在朋友家里见到过。猫咪躺在朋友姐姐的膝上,四仰八叉地睡着大觉,朋友的姐姐用双手在它肚子上找寻着黑色的活物,再用指尖捉住,接着用双手拇指的指甲,将那个东西扑哧一声捏碎。

"跳蚤会吸猫的血,不仅会让猫咪瘙痒,严重时甚至会让它染病。必须像这样把跳蚤清除掉才行。"

朋友的姐姐如是说道。她在我眼前的猫肚子上探索着,找到了跳蚤就捏死,一会儿的工夫就消灭了五只。我觉得最厉害的就是,大姐姐在做这些的时候,几乎都没有看向她的指尖。我很不擅长和别人有眼神接触,但大姐姐不同,在和我说话时眼睛一直看着我,手里还扑哧扑哧地碾碎着跳蚤。

"我靠指尖的感受就可以,熟能生巧。"

因为大姐姐说这些话的时候也没露出什么得意的神情,所以即使当我的指尖在思卡莱德身上摸出跳蚤的时候,也没有从中发展出什么奇怪的脑内画面。我得以不去思考那些没用的事,专心于指尖的神经,享受一只只碾碎跳蚤的爽快感。

尤其是碾碎肚子里装满虫卵的跳蚤。那个瞬间太爽了。我甚至能听见它腹部崩裂开来的声响,这声响令我心情舒畅。为了防止孵化,我将那些从我拇指的指甲间飞散而出的、仅有一厘米左右长度的虫卵,也一个个捡起来捏爆。

扑哧、扑哧,那些包膜迸裂的触感,令我确确实实感觉到这是里面有东西的虫卵。

但仅仅是捏碎虫腹与虫卵，不能够满足我。被捏爆了肚子的跳蚤，拖着自己破裂的肚皮，从我的指尖逃走了。我被生命的顽强所震撼，一边感动着，一边抓住正缓慢逃逸的跳蚤，扑哧一声碾碎了它的头。

我沉浸于除跳蚤之中。无论我将思卡莱德的身体翻过来调过去，还是在它身上来来回回地找寻，它都像是将一切委派给我似的，一点也不乱动，任凭我的摆弄。看着这样的思卡莱德，我的心中涌起怜爱。

我相信思卡莱德是我的女儿，不，是我的分身。

我冷静地回想了一下自己和刑警的对话，我注意到，确实在那段漫长的对话中，没提及多少关于有纱的内容。倒不是我有意识地回避话题，大概因为有些事是我不想回忆起来的，有些事是我不想和别人讲的，就在无意识中将这些内容给剪辑掉了吧。

事到如今我才开始想一个问题，有纱到底为什么要回老家？东京的妇产科医疗设施肯定更好，要是说需要人照顾，那母亲也可以暂时去有纱那边照顾她呀。

没错，这个家可能还是有纱的，但这个房间已经不属于她了。她怎么能理所当然地跑回来，还擅自动我的书架？尤其还是趁我和思卡莱德在院子里玩的时候。

要是一整天都闷在家里，思卡莱德会觉得无聊。要是思卡莱德不粘上点跳蚤，我也会觉得无聊。因此每天吃完饭，我都会带着思卡莱德去院子里玩一小时。但那里并非只属于思卡莱德。这一带的野猫很多，思卡莱德要是跑去猫咪们玩耍的地方，我就会咆哮着威吓它，因为总有一些不规矩的家伙，会一路将思卡莱德追击到院子的角落里。

夜里，我正在二楼自己的房间中，一边给思卡莱德除跳蚤一边看电视。有纱连门也不敲就闯了进来。

"跟你借了几本书。"

有纱一边说着，一边将三本书放回了书架。

"《眩晕的预感》《风暴的记忆》《玫瑰的伤痕》……我还以为是推理小说呢，结果一看这是啥啊，言情小说？这书都把我看懵了。虽然从封面上就能感觉得到吧，这剧情颠来倒去，真是可笑死了。吵架、做爱、和解。误解、做爱、结婚。失忆、做爱、记忆恢复，然后大团圆，大团圆完了继续做爱。这不是脑残吗？不过拿来解闷儿也还行。下一本看什么好呢？姐姐有什么推荐的？"

我不应当给她好脸色回答她的。要是想看我的书，难道不应该先来问我吗？

"《灰姑娘的陷阱》之类的吧。"

我一边抚摸着思卡莱德，一边推荐了架子上的另一本书。

"这是推理小说吗？"

有纱倍感无趣似的说道。这不是一听名字就知道是推理还是言情了吗？她这不纯粹是在拿我寻开心吗？

"但是啊，就算是言情小说，我也希望它的设定能现实一点啊。因为你看我读过的这几本，女主角，全部都是处女。而且还是三十五岁的职业女白领，这不是胡扯吗？我觉得吧，第一次上床，就搞得人家男方欲罢不能，万分感动，搞笑呢？"

"喂，思卡莱德，不许乱动。"

思卡莱德只是抻长了身子，在我腿上乖乖睡着觉，但我假装正在专心除跳蚤。

"我说，你用点除虫药不好吗？超市里就有卖啊。"

"除虫药对幼猫不好的。网上还有人说家里毛孩子被除虫剂给毒死了。"

"有一说一，我觉得它已经不是幼猫了。算了，随你便。"

妹妹又在书架上物色了起来。明明随便挑几本拿走就好了，她一定要站在那里一本一本地朗读言情小说书名。

"我是不太理解这个概念啦，但基本上就是给女人看的小黄书不是吗？那对读者来说，女主角就是自我投射咯。类似这种，明知道在现实中肯定不会与帅气的霸道总裁相恋'但这还真不错呢'的感觉，还有什么'你要记住我赐给你的每一个吻'这种台词，要是我老公说出这种屁话，那我肯定要问他：'你是不是撞到头了？'但是霸道总裁说这种话就让人怦然心动呢。但你看，你也不是处女吧？三十五岁还是处女的人，一直以来到底过得是什么日子啊？反过来说，不是处女就不行吗？这玩意儿看得我一肚子火，你都不觉得奇怪吗？"

有纱一边这样说着，一边坐到了我对面。她眼睛滴溜溜转着，看向我这边，而我就像是真的在捉跳蚤一样，视线不曾离开自己的指尖。

"难道说仅仅是我误会了？这个世界上三十多岁的处女多得是？要是没有需求，就不会有人写这种书了。哇哦，那种人，就这么一边惦记着'什么时候我也能和霸道总裁相爱'一边读着书。真恶心……啊，难不成说，姐姐你也是这种人？"

有纱用看傻子的眼神窥视着我。她褐色的瞳孔看起来像是跳蚤的腹部，让我的指尖疼了起来。思卡莱德像是感知到了风雨欲来，喵地叫了一声。托它的福，我像叹气一样吐出了一句话：

"你给我适可而止。"

"抱歉哦，好像是有点过火了呢。不过啊，我也好久没来这边探望姐姐了吧？你皮肤都开始龟裂了呢。"

有纱一边笑着，一边从书架上挑了两本言情小说，离开了房间。两本书中有一本，主角是个四十岁的女人。她被严苛的父母抚养长大，不知晓身为女人的欢愉，就那样过着家庭与职场两点一线的生活。然而在一个暴风雨的夜里，她遇到一位受伤倒在路边、失去记忆的男人。与那个男人的相遇，令她的人生发生了戏剧性的变化。因为那个男人的真实身份，是某个小国的皇太子。

啊，我正是为了与你相见，才会降生到这个世界上——

这个令我心跳加速的故事，也会被妹妹尽情嘲笑的吧。

四十岁的处女，无法接受，令人作呕……

我没有被这种一年不到就换一次男人、和谁都能上床的女人嘲笑的道理。明明自己总是带着一帮无趣的男人回家，到底算是什么东西？

我没有任何一处比妹妹要差。仅仅是比她老了六岁而已，但无论是脸还是气质，都绝不会输给她。虽然我谈不上是个美人，但喜欢我这种容貌的大有人在。约我一起去看电影或者约我一起去吃饭的男性也大有人在。

我十多岁的时候，还没有手机这种东西。母亲从来不把男孩子打给我的电话转接给我，但会把打给妹妹的电话转接给她。

我和同班的男生两个人一起去町上的图书馆，被母亲知道后，她一整夜都在用"不要脸""丢人"这种话来否定我的人格。可妹妹和男孩子两个人一起去卡拉OK包间的时候，母亲甚至还给了她零花钱。

母亲明明只允许我去上女子大学，却让妹妹理所当然地去上了男女同校的大学。

母亲明明让我住了四年的学生宿舍，却让妹妹去住普通的小户型公寓。

回老家的时候，母亲一遍遍地质问我："该不会和什么坏男人在交往吧？该不会去做了背叛父母的事情吧？"可妹妹无论带多么不靠谱的男人回来，母亲连一句话都没说过她。

我就这样一直遵守着母亲的叮嘱。到最后岂止是男人，我甚至没法正常和他人交流了。

即使如此也不是没有对我温柔以待的人出现，但都被母亲赶走了。要么说是收入太低，要么说是太没礼貌。

可是明明有纱丈夫这种人，甚至比不上那些人的后脚跟。

难道我们唯一的区别，不是只有出生的顺序吗？

难道我们唯一的区别，不是只有母亲的心血来潮吗？

明明是这样，可为什么母亲当我是傻子？

那是袭击孕妇的案子刚发生第二起之后的事了。

晚饭后，我想起自己忘了在"Sunrise"买牛奶，于是准备出门去便利店买一下。就在我在玄关换鞋时，事情发生了。

"等一下，我有点想吃布丁，一起去吧。"

妹妹从厨房走了过来，母亲紧随其后，追了上去：

"不行啊，这里刚发生了那种案子，你可别出去乱逛了。"

我听到这话时正在脱鞋，于是扭过头看着母亲，她在说什么？

"淑子肯定没事的。她又没怀孕。有纱想要什么东西，你去帮她买回来吧。"

就算我不是孕妇，好歹也是一个女人独立走夜路啊。好歹和我说一句"注意安全"也行啊。

"毕竟妈妈容易被人当成孕妇呢，也只能我去了吧。"

我对微胖的母亲这样说道。姑且算是回击了。虽然生气，我还是给全家人都买了布丁。因为母亲不喜欢吃焦糖，所以我特意给她买了生奶油味的。然而我一回到家，就听到厨房传来这样的对话：

"姐姐是不是有点怪啊？"

"果然，有纱你也这么觉得吧？"

"怎么说呢，她有点神经质啊。你看她好像只疼爱那只猫，一整天都忙着给猫捉跳蚤，她是不是不太正常啊？"

"她是想要在这个家里多起点作用,因为她虽然脑子不错,却不够精明,什么工作都做不长久。"

"那就结婚呗。没人来给她介绍相亲之类的活动吗?"

"倒是有几桩亲事。但其中大部分,她连见都不见就回绝掉了。眼光太高。"

"她在等着哪里的霸道总裁出现呢。四十岁了还在做少女的美梦。"

"明明有纱都结婚了,马上都要生小宝宝了……"

"难道说姐姐是更年期了?我最近听说很多岁数不算大的女人也会得更年期综合征。要不然让她喝点补品试试看?"

"嗯,她的病比这个严重呢。她的问题肯定不是从今年才开始的。所以啊,她要是干了什么奇怪的事情,你就原谅她吧。"

俩人一边像般若一样狂笑着,一边以我为中心一圈圈地走。般若们的速度越来越快,直到我看不清它们的身影。我的脸颊流出绿色的液体,滴落下来。我正想着是不是般若在溶解,才发现正在腐烂的是我。我的全身都溶解掉了,只剩下一颗头颅漂浮在绿色的沼泽中。

我捂住耳朵,逃回了房间。

我有病?因为我没结婚?因为我是处女?——去你们的吧!

正在我崩溃的时候,思卡莱德爬上了我的膝头。它像是在担心一样,抬头看着我。我的膝盖很暖和。我感受着思卡莱德的体温,溶解成绿色沼泽的身躯逐渐复原,恢复成了原来的样子。

我的手指在思卡莱德的皮毛中悄悄地、慢慢地探索着,接着指尖就感受到了异物。

是跳蚤。褐色的肚子像皮球似的鼓胀着。

我用拇指指甲捏爆了它。大量白色的虫卵飞散而出。我将它们一个个捏爆。

虫卵，虫卵，为什么会有虫卵？因为连这个跳蚤，都和雄性交尾。

我比这跳蚤还劣等吗？不，并非如此。我是不肯贱卖自己，堂堂正正生活，清澈洁净的生物。

我碾碎了跳蚤的头。

"我得把害虫消灭掉才行呢。"

思卡莱德的喉咙中发出咕噜噜的声音，在我的膝头上打起了呼噜。

虽然书和布丁的事情让我一肚子火，但在那之后，有纱和我之间再也没闹出什么值得一提的矛盾了。大概是因为在这个家里，我是最擅长开车的，她要去医院什么的，总是要拜托我送她。这样一来，有纱也就没那个底气以高高在上的姿态面对我了吧。

医生要她多走走路，所以她也经常撒娇让我陪她出去散步。到便利店那种程度的路程的话，我就陪她一起去了。也是我告诉有纱，穿过住宅规划地，是一条回家的近路。

给宝宝起好名字了吗？住院前该准备的东西都准备好了吗？天气转冷，还是在睡衣外面穿个短褂比较好吧？我找到一个很可爱的毛绒玩具，但宝宝从几个月开始才会喜欢毛绒玩具呢？我们来查查哪一款纸尿裤比较好吧。

很多时候,我们都像相处融洽的姐妹一样开心地聊天。六岁的年龄差这种事,在双方长大成人以后就变得一点都不重要了。我就像是忽然发现了这一点一样,感到了妹妹是和我息息相关的存在。我也开始觉得小宝宝很可爱了。

然而——

因为父母去了外地的亲戚家参加法事,我做了咖喱,和妹妹一起早早吃过了晚餐,就在起居室里一起看电视。我们看着广告里一个个介绍便利店在冬季推出的新甜品,妹妹说她想吃。

我说明天去给她买,她却说现在立刻就要吃。

"今天姐姐忙着做饭,傍晚我们都没出去散步。"

既然她都这么说了,那我只好和她一起出门去买甜品。

穿过没有路灯的住宅规划地时,我在黑暗之中,看到了一个白色的身影。

"思卡莱德!"

思卡莱德看起来一副若无其事的样子,穿过了堆满了建材的岔道。我喊它的名字,它也不看我。但是戴着那个项圈的肯定是思卡莱德没错。

"为什么在外面……"

"我给它放出来的。因为它看起来好像很想出门玩。"

"你怎么这样?"

"不是,它一直在唰唰唰地挠门,要是把指甲给弄断了,那多可怜啊。"

妹妹这么说，我也没法继续责备她什么了。

我听到有别的猫在喵喵叫着。它是和朋友约好了在这里见面的吗？但它是什么时候结交的朋友啊？

"是在约会吧？"

妹妹边笑边说道。才不可能有这种事。我一边想着一边朝猫叫的方向走去。尚未建成的居民楼围着相当厚实的乙烯树脂板，我翻过树脂板，看到当中被月光照得很明亮。

思卡莱德洁白的身体，被一只棕色的虎纹猫压在身下。

"思卡莱德！"

我抄起手边的四棱木材。

"等会儿，姐姐，你要干什么？"

妹妹越过我的肩头窥视着前面的情形。

"思卡莱德要被杀掉了啊。"

"你说什么呢？他们不是交配吗？"

"怎么会……"

"而且你看，思卡莱德一点也没觉得不好啊。"

"这怎么……"

思卡莱德不可能会去做这种事的。我重新握紧了木材，但我的指尖却渐渐失去了力量。思卡莱德在喵喵叫着。那声音仿佛是吐出了身体最深处的热块一样。我的食指指尖，开始变绿、腐烂、溶解。然后我听到了般若的笑声。

"哈哈，思卡莱德比你先越过了那条线呢。"

般若的诅咒声徘徊在我耳畔，但我看不到般若的身影。取而代之的，是一只巨大的跳蚤，那跳蚤的腹部像皮球似的鼓胀着……

思卡莱德，思卡莱德，把你的力量借给我。随着我逐渐回忆起它洁白柔软的皮毛和温暖的身体，我的指尖也逐渐恢复了原状。

我狠狠地举起木材，朝着跳蚤的腹部重击下去。我一遍又一遍地重击它的腹部……

然后，我碾碎了跳蚤的头。

关于那一夜发生的事，无论是谁来问，无论问多少次，我的回答都不会变。

——我在消灭跳蚤啊。

最好的朋友

据说世界人口大约有七十亿，但是，若是说平均到每个人身上的幸福，却并不需要那么大的分母。有一个人，我希望她能从这个世界上消失——

大豆生田薰子。我是从这个名字开始，认识到她这个存在的。

三年前，五月六日刚过午后九点，每朝电视台电视剧制作部的制作人乡贤给我打了个电话。

"请问是涟凉香小姐吗？感谢您参加第十二届每朝电视台剧本新人奖。因为涟小姐的作品《比月亮更遥远的爱》进入了最终选拔，特此与您联络。请问您姓名的读音是否是'Sazanami Suzuka'？"

晴天霹雳大概就是这种事了吧？他们要是用信件来联络，我恐怕会给邮递员一个拥抱吧。乡的声音像给外国电影配音的声优似的低沉，我像是被人用羽毛轻抚双耳似的起了一身鸡皮疙瘩，晕乎乎地回答道："对"。乡把电话放下，开始在电脑上输入信息。我能听到他读我名字的声音和敲打键盘的声音。接着我听到他小声嘟囔道："这次姓氏冷僻的人还真多。"

那个人也进入选拔了吗？"大豆生田薰子"这个名字浮现在我脑海中。

每朝电视台剧本新人奖每年有六个最终选拔名额，但从最终选拔开始才会用电话联络。至于第一次到第三次选拔的结果，则会刊登在《The Drama》这本编剧行业的专业杂志上。

有没有经常参加比赛的人呢？有没有人被选中了好几篇作品呢？哪篇作品的标题比较有趣呢？我就是在杂志里确认这些事时，看到了那个名字。但我当时只觉得，这可真是个奇怪的名字。比起这个，我更沉湎于反复阅读通过了第三次选拔的自己的名字。

第一次参加剧本竞赛，是我大学四年级的时候。当时我的求职活动不太顺利，就像是为了从中逃避似的，一时兴起买了编剧课本，有样学样地写出了第一个剧本。就算是这样，我还是通过了初次选拔。这让我深深感受到，自己拥有这方面的才能。

母亲直言不讳说我至多能通过初次选拔，吓了我一跳。但是这比赛征集到的稿件大约超过了两千篇，他们会从中选拔出一百篇。二十分之一，这可比求职被那些大企业录用的概率要高得多。虽然我没能进入二次选拔，但从那以后，还是坚持了九年，每年都投稿。我本打算要是五年都没能获奖，就乖乖放弃，回老家种地，结果第五年挤进了三次选拔的十五篇当中。我想着好运也许又回到了我身边，就打算再努力五年。还剩下一年缓期的时候，我成功跻身到了最终选拔。

乡之后问了我很多问题。像是这篇是不是致敬作？有没有受到过哪些编剧或小说家的影响？有没有哪里引用了文献？这些确认我是否抄袭的问题，他变换措辞问了大约五遍，最后通知了我选拔会的日期，就挂断了电话。

"选拔会将于五月二十日晚上六点开始。只有在获奖的情况下，我方才会联系您。所以时间上可能会稍微晚一些。"

接着就是选拔会当天。晚上十点过后电话响起，我三秒不到就接了起来。从晚上六点开始，我就一直把手机放在手边，一边祈祷一边等着电话。我就这样度过了四个多小时没法冷静下来的时间。不对，我从早上开始就一直是这样躁动的状态。我手机里电话和短信的铃声是不同的，但即使如此，短信的铃声响起时还是会令我心跳加速。结果一看，是垃圾短信，我啐了一句"妈的"，反复地咂舌。就在我骂骂咧咧的时候，甚至开始出现幻听了。我听见铃声响，拿起手机，却看到画面上什么也没有，只好叹了口气。到最后，我消灭掉房间里所有的响动，在床上双手抱膝，一动也不动，静静地等待着。正当我觉得自己可能要保持这样的姿势一整晚，却等不来任何一个电话的时候，电话铃响了。

"涟小姐的《比月亮更遥远的爱》荣获了优秀奖。恭喜您。哎，我觉得应该是涟小姐得最优秀奖才对。详细资料我方会在之后邮寄给您。那么，期待与您在颁奖仪式上见面。"

乡还没等到我说些客套话就挂断了电话。真开心，但不是我得知自己通过最终选拔时那种可以尽兴的开心。乡说我是优秀奖。第一名是最优秀奖。也就是说我差不多是第二名。一般情况下最优秀奖是一名得主，优秀奖是两名。但是得奖并不意味着一定能作为编剧出道。即使是以前的最优秀奖的得主，也只有半数以下会在之后作为编剧出现在电视剧的演职人员表中。至于优秀奖得主，其中成为职业编剧的人我根本没见过。也就是说，无论得的是哪个奖，都并不意味着职业之路就此打开。话虽如此，但也有决定性的不同。

最优秀奖的获奖作品会被影视化。至少有一次作为编剧出现在演职人员表上的机会。也能在现场和其他演职人员相互认识。因为历年的新人奖获奖作品，都会选在重播工作日上午电视剧的档期，或是深夜两点左右的档期来播送，收视率实在没法期待。即使如此，在以万人为单位的观众眼前出现，多少也会有点反响吧。也就是说，最优秀奖打开了编剧通往"下一次"的可能性。话虽如此，现在就断定优秀奖绝对不会被影视化，倒也为时过早。没选出最优秀奖的年份，约莫每三年会有一次。那种时候他们就会从优秀奖中选择一篇剧本来影视化。

我脑中像是在焖燃似的。为了一个人庆祝而买来的小瓶香槟就那么放在冰箱里，木箱里装着的卡门伯特奶酪也没心情去切。我回想起乡所说的话。到头来是有最优秀奖获奖者的吗？

——我觉得应该是涟小姐才对。

哎，我只能叹气了。即使如此，我也收到了激励。没能拿到最优秀奖的意义，我也完全明白了。我的桌子上放着一本《The Drama》，刊登入围名单的那一页被折到足以摊开在桌子上。我凝视着到第三次选拔为止的那份名单，想要看出是谁的哪一篇作品获得了最优秀奖。

名单上记载着参赛者的题目、姓名和出身地这三种信息。这比赛是不能用笔名参加的。名字生僻的就只有一个人。

《生存游戏》大豆生田薰子（岛根县）

标题陈腐到令我难以相信这是一部可以跻身最终选拔的作品。

题目比较有魅力的还是下面这个吧？虽然题目像是爱情剧，但还是让我对内容颇为感兴趣。

《自那开始的秋天，已经结束的冬天》直下未来（东京都）

我的想象虽不中亦不远。两天后，快递将记载着选拔结果的纸张送到了我家。我将它搞得皱巴巴的，但还是抚平了，毕竟现在它还是挺重要的。我像是希望它不存在似的用拳头痛击那个名字。但它究竟怎么读，姓氏和名字怎么分隔开，现阶段我还一无所知。

最优秀奖
《生存游戏》大豆生田薰子（岛根县）
优秀奖
《比月亮更遥远的爱》涟凉香（东京都）
《自那开始的秋天，已经结束的冬天》直下未来（东京都）

颁奖典礼在下个月举行，六月二十日。为了这一天，我买了一条西比拉的连衣裙，还去理发店做了个发型。会场在六本木大酒店，我在入场前三十分钟就到了那地方，便在大堂里逡巡着消磨时间。这时我注意到，在一个大圆柱前面的双人沙发上坐着一个女人，我的注意力被她吸引了。那是一个身材娇小的女子，勉勉强强才能靠在红色天鹅绒靠垫的沙发背上。她穿着一套看起来很廉价的粉色西装，还别着一个巴掌大小的玫瑰胸花，让我不禁想要吐槽一句："这是去参加孩子的开学典礼？"她费尽心思打扮得漂漂亮亮，头上还梳了个辫子，但大概是因为坐在那里的时间太长，后脑勺已经成了一个鸟窝。米色的长筒袜我还可以接受，但那双黑皮鞋实在不行，和她西装的颜色完全不搭。她脚边有一个棕色提包，拿着提包的手上系着一条蓝色的丝巾。本来应该是个挺讲究的物件，但那个包却像是拿错了似的。无论怎么看，都像极了一个昭和年间的乡巴佬。

我不自觉地用编剧的眼光观察了她一番，并不觉得她会是最优秀奖的得主。我下了结论，这人八成是来参加朋友的婚礼，第一次从乡下来东京……我无意识地想，如果不是这样的话，我实在不希望自己输给了这种设定的人物。所以在入场开始五分钟前，我就比她先一步朝着会场走了过去。接着，在登记桌前，有一位高大的长发男子，他就是乡。乡这样问道：

"请问您是小豆生田薰子小姐吗？"

姓读作"小豆生田（Mamiyuuda）"，名读作"薰子（Kaoruko）"，这就是最优秀奖获得者的姓名。

"抱歉，小豆生田是我。"

我背后的一个声音轻轻地回答道。果然，是大堂里的那个女人。

紧随其后的是一位红着脸的、胖墩墩的男人。我正想着他是不是大豆生田从村里带出来的老公，却发现那是另一位优秀奖得主。我吃了一惊，原来还有男人的名字叫"未来"。我在心里吐槽道，他这个作品的标题和他的脸也实在是对不上号。最让我惊讶的还是他的姓氏"直下"，并非读作"Naoshita"，而是读作"Sosori"。这读法很罕见。

我们三个人的姓氏都很罕见，并且都同样是三十岁的年纪。

我们按照大豆生田、我、直下的顺序并排站上讲坛。在扫视着会场的时候，一个想法忽然涌上我的心头——现在也许是另一个机遇。我虽然分不清台下谁是编剧、谁是电视台的职员，但最有可能融入台下那个高贵圈子的人，不会是我身边的这两位。我要把一切都赌在今天的颁奖典礼上。我下定了决心，绝不动摇，要变成今天这场聚会的主角。

可不光是外表和谈吐，我的作品本身就是比大豆生田的要好。

每朝电视台剧本新人奖最终选拔的评委是三位编剧。这几位编剧，就算是对编剧行业一无所知，听了名字也不知道是谁的人，只要和他讲一下那几位编剧的作品名，也多半会猛一拍手说："他们啊！"特别是其中最年长的野上浩二，他那部《我们的暑假》是我心目中的最佳剧作。最后一集我看了无数遍，几乎可以将剧本默写下来，他对我而言就是这样一位神一般的人物。

详细的选拔过程会在下个月发行的《The Drama（戏剧）》上刊载，会场内的讲评则由野上浩二负责。

"其他两位评审最开始都推举涟小姐的作品做第一名。但我今年往后就不做评审员了，死缠烂打另外两位评审，最后让大豆生田夺得了桂冠。"

我听得一阵眩晕。如果是少数服从多数，那我就赢了……我所敬仰的编剧，一瞬间成了我那混账父亲。

"涟小姐的文笔很好，对话也很有格调。但她欠缺最重要的东西，故事的魅力。她的作品中要不然就是在哪里见过的故事，要不然就是之前被谁写过的故事。我认为这样的作品虽然很成熟，但是新人奖并不是留给这种作品的。大豆生田小姐虽然写得很认真，但是文笔还有些生硬的地方。不过这是值得人们持续关注的。不管怎么说，她的故事很有趣。"

大豆生田的作品《生存游戏》，故事情节简单来说是这样的：丈夫罹患癌症晚期，时日无多。他带着自己的妻子去了无人岛，度过了整整一天只有两个人的荒野求生。

"从高耸的岩石上潜入海底，生火烧烤野生的蘑菇来吃，在这些画面之中，那位时日无多的丈夫用认真的语气说：'做完这些事就可以死了。'听了这话的观众们，一定会一面感到这就是人生的可笑之处，一面认真地思考其人生的价值。其实，虽然没有那位丈夫那么严重，但我前几天也确诊了癌症。我也从心底希望，能和妻子一起度过这样的一天啊。"

他说出这话来，那确实没人能表示反对了。我对他的病深表同情，但这可不是评审员该做的事。他要是去年退休就好了。

大豆生田用毛巾质地的手帕不停地擦着眼泪，脸都擦成了红眼圈版的熊猫。她就顶着这样一张脸走上了讲坛中央，和野上浩二握手领奖。然后……她开始用获奖感言为自己掘墓。

"这样一部以我与丈夫为原型的作品，可以获得如此荣誉，我实在是太开心了。我的丈夫在天国也一定会很开心的。这是我第一次尝试编剧，从此以后也会继续努力学习和创作的。"

人们为她送上了盛大的掌声，但真的百感交集的只有大豆生田和野上浩二而已。她刚刚在创作者们面前这样自白道：她的获奖作品并非从无到有创作而出，而是根据现实改编的。任何一个人都至少能写出一个故事，也就是自己的故事。大豆生田薰子是写不出第二部作品的。

而且说到底，大豆生田身上有着更为单纯的减分项目。

虽然现场的饭食相当豪华，但我们三个获奖者忙着到处和人打招呼，基本上一口都没来得及吃。晚会结束后，乡和制作公司K电视台的制作人石井一起，带着我们去了会场附近的居酒屋。那是一家连锁店，客人全都是下班后的上班族与大学生。就像是为了反映出我们的身份似的，店里的气氛也变得有些阴惨了起来。不过乡还是只对我一个人，聊了聊今后的工作。

你经常读小说吗？你写过内容提要吗？你要是觉得有什么作品适合拍成电视剧，请一定要推荐给我哦。

乡绝对不是希望大豆生田不在场。如果只是说话的次数，那乡和她说话比和我多。但是对话的内容却完全不同。

你这姓氏真罕见呢。所以你看看，我叫做乡贤，在大豆生田小姐还没说完自己的姓氏时，我就把自己的全名都说完了。这个姓氏在岛根县很常见吗？岛根有什么特产来着？沙丘？哦，不对，那是鸟取县。你明天在东京观光完了再回老家吗？你难得来一次东京，还让你吃什么多春鱼啊，真对不起。快点一些你想吃的吧。买点 Bagna Càuda① 之类的吧，带回老家之后不是还能炫耀吗？

---

① 原文为バーニャカウダ，意大利北部皮埃蒙特州的特色料理。意式冬季蔬菜料理。这种料理的吃法是将蔬菜、面包等蘸一种特别的酱，这种酱是在橄榄油里放入大葱和鱼肉等的特制酱。

面对这些当她是傻子的问题,大豆生田都用一副认真的表情回答着类似"我打算去浅草买点人形烧①带回去"之类的话。我有点可怜她,就推荐了些羽田机场能买到的点心,写在纸上交给她。她接过纸,双眼闪闪发光地说:"绝对会买的"。看着她那副样子,我不禁为将她当做敌人而妒火中烧的自己感到羞愧。

乡也问了同样住在东京的直下喜欢什么种类的电视剧。但似乎是因为直下过分热烈地聊起了外国推理,让乡有些退缩了,最后也没说让他写内容提要推荐给自己的事。

托这次机会的福,我把自己的名片发给了所有在会场内打过招呼的人。不过大豆生田和直下,连一张笔记纸都没准备。我看着那俩人志得意满的样子,心里萌生了一些善意。于是我提议说要好好重视这次见面,然后仨人交换了邮箱地址。虽然下个月,我们的获奖作品都会刊载在《The Drama》上,但直下说想要趁着大家心气还很高的时候交换一下意见。我们便约定第二天将作品文稿发给彼此。

乡像是向后退了一步似的眺望着我们,叹了一口气,然后小声感慨了起来。

"哎呀呀,真想把这水中揽月的场景给拍下来。"

乡像是在自言自语一样,但我明白,他这是算准了我们对话告一段落的时机。大豆生田和直下都用怅然若失的表情看着乡,而我在一旁偷偷用连衣裙的袖口擦了擦眼角。

---

① 人形烧,日本东京浅草寺的特产点心,因发源于人形町而得名。

在颁奖典礼的次日，大豆生田和直下迅速就将各自的作品原稿连带着些客套话发给了我。我对直下的作品毫无兴趣，他比我差得多。于是我只打印出来大豆生田的剧本并且读完了。然后……我不知不觉流下了泪水。

但是这泪水可并不等于感动。那些轻而易举写出绝症题材的人，是不是对这些事情有什么误解呢？而且大豆生田这一篇，过于不拿生命当回事了。恐怕她本人也意识到了这个问题，所以才会公开说明这篇作品是基于真实事件改编的。我竟然输给了这种东西。但是单论胜负的话，确实是我输了。对方要是个真有能力鉴定作品优劣的人那另当别论，但对方是一个只看得懂头衔和名声的凡人，这样一来无论我说什么，应该都只会被她当做是在嫉妒。所以我给她发去了这样的信息：

"读得我号啕大哭。我认为这是一部凝结了大豆生田夫妇之间深刻羁绊的作品。不过我个人认为，您作品中的这对夫妇已经结婚五年了，对话却显得有些生疏。如果能修正掉这一点，那一定会成为一部杰作。真不愧是最优秀奖！我很期待它的影视版！"

同一天，大豆生田给我发来了《比月亮更遥远的爱》的读后感。

"主人公爱上了挚友的恋人，那种痛苦的情感令我感同身受。将月亮收入掌中的方法那一段情节，令我深有恍然大悟之感。另外感谢您珍贵的修改意见。因为我之后有必要大幅度改稿，一定会参考您的意见。我们二人现在都刚站在起跑线上，就让我们以

43

职业编剧为目标一起加油吧！"

　　她自己十分清楚这次只是投稿试试罢了，偏偏凭着新手光环拿了奖，竟还惦记着成为职业编剧。但是，这也可以理解成她把这当做了一次复仇的机会。大豆生田大概是隔了一天才琢磨过来乡那段自言自语的意思，觉得颇为不甘心吧。

　　"绝对不会输给你的。"我出声发誓道。

【绝症题材的主题很明确，但内容令人作呕。】

　　我开始每周给乡送去至少三份剧情提要。我对自己的阅读量很有自信。虽然我最喜欢的是爱情故事，但自从以编剧为目标以后，就不再局限于题材，无论是推理、科幻还是时代小说，只要标题或装帧有一点亮眼的地方，我就会从头读一遍。得益于此，我可以轻易列举出那些不为世人所熟知，但写出的作品具有独创性和趣味性的作家。

　　我也从乡那里受到了不少正面的反馈。

　　"大豆生田正忙着修改她的获奖作，但近期想要尽快拍一些作品"，乡发来邮件表达了这样的想法。我们最早一次见面磋商，是在颁奖典礼后一个月，海之日①。乡对我说，他会在我交给他的十五份剧情提要中，选出五份报给近期的选题会。

　　在咖啡厅磋商完毕之后，乡带我去了一家豪华的小酒馆，料

---

① 海之日，日本节假日。在七月的第三个星期一。

理的价格和颁奖典礼那天的居酒屋差了一位数。乡酒量并不好，他一只手端着红酒杯，开始抱怨大豆生田的愚蠢。

"诚然在选拔会之前就决定好了，要由我来负责获奖作品，但是拍一部无趣的作品可太痛苦了。剧本修改了足足十遍，才总算是勉勉强强能拍了。明明要是拍《比月亮更遥远的爱》的话，不用改就能直接投入拍摄工作了。"

我既不否定也不附和，只是微笑地倾听着他的话。我从未像今天这样，觉得红酒如此好喝。我做好了觉悟，要是乡带我去开房，就答应他。但乡并没有做那么下三滥的事，他为我叫来计程车，脸色微微泛红地微笑着目送我离开了。

我看了些 3 Channel① 上面的文章，说是编剧的世界也有为了工作陪人睡觉的事。不如说这样睡到工作的女编剧才是大多数。我抱持着这样的想法，不禁因为自己对乡那种绅士的态度产生了那么大的误解而感到羞愧。果然，这是个凭实力说话的世界。乡注意到了我的实力，而珍重地将我当作了工作伙伴。有些人自己没能力，又不肯正视现实，就去污蔑那些成功者是靠着被人睡才成功的。他们只是在发泄愤懑罢了。我可不是那种人。

我趁着还没忘记这事儿，打开了电脑。

"好久没联系了。今天我和乡制作人见了面。他好像要把我交给他的五篇剧情提要报给选题会。但既然我被选中了五篇，大豆生田小姐被选中的篇目肯定比我多一倍吧……我必须继续努力

---

① 3 Channel，网络论坛，暗指日本著名网络论坛 2channel（现名为 5channel）。

才行了呢！"

发送完邮件，我打开了博客，在博客上写道"G先生（乡的日文读音首字母为G）带我去了一家很棒的小酒馆"，然后再配上食物的照片。再之后我打开电视剧影评网站之类的站点查看了一番。仅仅是找寻有趣的原作可不行。编剧应当追求的境界，是能顺应电视台的基调来处理原作。每朝电视台的制作人乡先生对我做出了好评，这就证明我理解了他们电视台的基调。

关电脑前，我又看了一下邮箱，发现已经收到了大豆生田的回信。

"能被选中五篇剧情提要可太厉害了。我还是搞不太清楚该怎么写这个剧情提要。我的《生存游戏》终于定稿了。上线播出的日子好像是定在了下周。我期待着自己出道，期待到不能自已。希望涟小姐也能早点出道呢。"

涟小姐"也"？我对这种挑衅感到生气，却也对她嗤之以鼻。我刚才已经知道了，大豆生田连一篇剧情提要都没交给乡。

【乡巴佬赶紧放弃吧。】

下个月，虽说还是暑假期间，但《生存游戏》还是在工作日的上午不声不响地播放了。我还是做好了因为"要是我的作品就好了"的这种不甘而痛不欲生的思想准备，看向了电视机。只有最初十分钟和我的预期不太一致。再后来，这部戏过分到我甚至要同情大豆生田了。

首先，从演员阵容就明显能看出来，电视台根本就没用心拍这部戏。饰演丈夫的男主角是在黄金时段的演员表前五行偶尔能看到的青年演技派演员，但饰演女主角的则是一张完全没见过的面孔。她要是个十多岁的孩子，那应该是在大型演艺公司的内部选拔中获得了优胜，此后要捧红的新星，但她长了一张三十多岁的脸，这可能性应该无限接近于零。即使这是新人奖获奖作品，以前的那些获奖作品也大多找了些更有名的演员，尤其这部戏的登场角色还很少，明明再稍微多投入点预算就好了啊。

然而，这部戏的问题也不能全部归咎于毫不吸引人的演员。投稿作中讲述的是夫妻二人平静地去做一些危险的事情，但在电视剧版里，其中又交织着无数要催人泪下的多余的插叙，到最后，就成了一副鬼知道它想表达什么的状态。

"这个蘑菇，只由我来吃吧。因为你……还有明天。"

"老公……"

这场闹剧是个什么玩意儿啊？是想逗观众笑吗？事到如今野上浩二还不后悔自己的选择吗？也许那位大师觉得评选结束了就和自己没有半毛钱关系了，根本就不会去看影视化的作品。

我想看看网上有什么反应，于是打开了 3 Channel。完全没人聊电视剧版这事。但是创作文艺版的每朝电视台剧本新人奖专区却有些热闹，九成都是差评。

"完全不知道想表达什么。是不是觉得只要是绝症题材，观众就会喜欢？当观众是傻子？"

有些评论者在一周前发售的《The Drama》上已经阅读过了

剧本。

"这剧本越改越烂可真牛逼。索性直接拿最初投稿的版本来拍，那效果不是还能好一点吗？"

我总觉得这条像是大豆生田自己写的。无论你在骨架上面装饰什么乱七八糟的东西，都无法掩盖它在本质上不行。即使如此，她还想归咎于其他人。这种情况下背黑锅的就是乡了吧？

比起这个，我更不能理解零零散散地混进来评论说什么"深受感动"的。这些是大豆生田或者她的亲朋好友写的评论吧？总而言之，有一件事我是可以确信的。

大豆生田薰子不会有未来了。她到此结束了。

于是我给她发了一封饯别的邮件。

"在电视上看完了你的剧！恭喜出道。真不愧是修改了十遍的剧本，能从中看出夫妻关系之深奥。业内人士看过这部作品以后，一定会不断地给你工作邀约的吧。真羡慕呀！"

我发送完邮件，就收到了直下的邮件。

"认认真真写了作品去投稿，却被电视台用这种愚蠢的方式呈现出来。电视行业已经不行了。不如朝着电影剧本的方向努努力吧？"

"哎呀，果然。"我自言自语道。没有任何一个人觉得大豆生田的作品有趣。我没回复直下的邮件，而是将三篇剧情提要发送给了乡，还附带上了一句"制作《生存游戏》辛苦了"。三篇中两篇是小说原作，另外一篇是我完全原创的。

"有一篇作品非常有趣，但是你忘了填写原作者的名字和出版社。"

我一边想象着自己收到这样的消息，一边慢慢写出了那篇原创的作品。

【大豆生田薰子，到此结束了。虽然她也没开始过吧。】

在那之后，我和乡以每月一次的频率，打着工作会谈的旗号出来吃饭。他不甘心似的对我说，我的剧情提纲一定会有一本留在最后的候补名单中。可最终还是在决选投票的环节被刷了下来。

"单论内容的有趣程度，那肯定是小凉[①]找来的更胜一筹。但要论寻找赞助商这种事，还是名作家的小说或高人气的漫画更厉害。电视媒体什么时候开始只能跟着别的内容载体了？我呀，就希望能和编剧联手，让原创作品哐啷一下出现在观众的客厅里。"

我觉得那个编剧就是我了。虽然我悄悄混进去的原创作品完全没引起注意，但他要我先用改编作品磨炼技巧，和他一起努力加油，这些话我都是信的。如若不然，他也不会每次都带我来高档的寿司店和法式餐厅。

"顺便一提，小凉在投稿的职业一栏一面填的是自由职业，具体是干什么的？"

"快递公司的前台。商标是胸前有月牙的狗熊的那个公司。每周二三四休息，工作四天，朝九晚六。"

[①] 此处是乡对主角的昵称。

为了方便乡给我打电话，我详细地说明了自己的排班。其实我是不太想聊自己兼职工作的事。我不想让人误以为那才是我的本职工作。只要能让我一边写剧本，一边赚取最低限度的生活所需费用，那无论是什么工作都无所谓。

"诶，真意外，你还在好好工作啊，不错。"

"为什么这么讲？"

"因为你的作品阅读量不小，剧情提纲分量也很足。我就怀疑难道你一整天都忙着做这些事吗？稍微有点担心。"

"我觉得一定是因为自己读书和写作都很快。但是和男朋友出去玩之类的事，可就没那个闲工夫了。"

"诶，你有男朋友啊。"

"所以说，没有啊。"

我这样委婉地向他暗示自己这里虚位以待。

"至于乡先生，女朋友肯定多到一只手数不过来吧？"

"哎？小凉觉得我是这种人吗？明明像我这样专情的人已经很罕见了。"

乡一边这样说着，一边盯着我，像是觉得奇怪似的笑出了声。我也跟他一起笑出了声。从旁人看来，我们一定就像是一对融洽的情侣吧。我这样想着，用被酒杯冰镇过的双手，捂住了滚烫的脸庞。

自从颁奖典礼那天初次见面开始，不，自从最终选拔那天的电话开始，我每晚都在想着乡。不看电视的时候，当我读书或是看电影的时候，也会同时想象着乡会对那部作品作何感想。不仅仅是和故事有关的事。当我品尝着便利店的新款甜品时，当我感到天空比平常更为湛蓝时，也都会想要和乡分享自己的感受。我们俩人一定是相似的。可是，我没办法向他传达自己的心意。因为无论我的告白多么情真意切，都会被解读出背后的目的。或许，乡也因为同样的思绪而苦恼着吧？

我像是要压抑住自己的心意一样转移了话题。有一件事我斟酌着时机，打算问一问。

"大豆生田小姐已经接到下一份工作了吗？"

"你认真要问这个吗？"

他窥视着我的脸反问道。乡的动作和手势本来就很夸张，现在幅度又增加了一点五倍。"大家都是成年人了，有些话不好直说。但你应该懂我什么意思。"他这样说道，眼神像是搞恶作剧的孩童。

"总之我是和她说了，发现什么有趣的原作就写成剧情提要发给我。但是她好像搞不太懂怎么写剧情提要的样子。我也没打算专门再去教她怎么写。另外，直下先生那边倒是值得期待。"

大豆生田的动向刚让我安心，直下又让我皱起了眉头。

"怎么说呢，也许会写推理算是他的武器吧，但每次都搞一些血肉模糊的杀人手法就不太行了啊。他完全就不懂电视媒体。我们要是在客厅里播出了那种画面，那可是要被人投诉的。啊呀，小凉就完全不同了。"

乡像是诉说着"要加油哦"一样，紧紧握住了我放在桌子上的手。我在心中坚定地许下誓言，等到我的名字在电视中播出，出现在制作人员名单的编剧一栏的那一天，我就要向乡表明自己的心意。

然后为了给那位已经不配做我竞争对手的人最后一击，我发送了一封邮件。

"大豆生田小姐，剧情提要的编写还顺利吗？我听说直下先生也在努力呢。读过大豆生田小姐的获奖作（我是指投稿的版本）之后，我稍微有些感想。我觉得，从好的意义上来讲，大豆生田小姐是不是能够轻松地表现死亡呢？那种面无表情地将人一刀刀刺死，面不改色地让鲜血四处飞散的变态杀人魔，我写的时候总觉得有一种黏腻的沉重与黑暗。但是大豆生田小姐一定可以将这些描绘得充满魅力。电视上也许是不许出现这种场面的。但正因如此，才更有被新人写出来的价值不是吗？……我这样好像很了不起似的给你提出建议，实在是太抱歉了。一起加油吧。"

大豆生田没有回信。

【不知道怎么写剧情提要？你是看不起编剧这一行吗？】

乡通知我说剧情提要被采用了，是获奖七个月后的事，时值十二月的中下旬。要是一年以内没有得到结果，那么下一位获奖者就要出现了。在我的焦虑感逐渐增加时，传来了喜讯。这比我接过的任何一个电话都更让我心跳加速。乡指定了时间和地点，说明天见面再磋商详情，然后挂断了电话。

被选中的是一本叫做《如蝶如花》的青春小说，讲述在一个弱小的新体操部中，女高中生们重复着挫折与失败，向着全国大会进军的故事。作者小早川花是个写轻小说出身的二流作家，但很擅长描写十多岁女孩子的心理活动，在读者之中慢慢积累着口碑。虽然题材上是一部常见的体育作品，但结局中主人公并没能参加全国大会。它肯定是因为这一点颇有新意而被选中的。

努力是很了不起的。然而并非人人都能成功。重要的是那份永不言败的气魄。应该有很多人都能对作品传递出的这个信息深有同感。

至于作品的不足之处，首先是台词的语气有些生硬，另外剧情发展是按照时间顺序来的，比较单调。在我被选中的剧情提要中，已经改善了这些不足之处。因此，不仅仅是原作的魅力，我的技巧也功不可没。这是一部总共十集的电视连续剧，虽然我已经在剧情提要中写好了每一集的大致情节，但真正的编剧工作现在才开始。我已经在脑内写好了第一集的八成内容。

我一刻不停地写好了第一集的剧本，拿去见了乡。今天也许可以向他表明心意。乡每次都会先到咖啡厅。他见到我就飞奔过来，道了一声"恭喜"，便反过来将我一把抱住，令我几乎要晕厥。但才过了不到三分钟，我就坠入了谷底。

"编剧工作交给野上浩二老师来进行了。"

我觉得自己听错了，瞠目结舌。乡像是教新手游泳一样，按顺序将事情的来龙去脉讲给我听，但我完全无法接受。重点就是，无名的编剧拉不到赞助，所以选了一个名字响亮的编剧。仅此而已。

"假如原作者很有名的话,那让小凉来编剧也未尝不可。但还是希望你一定能来参与编剧工作。十集之中的后半段,可能有几集会让小凉来写。野上老师的身体情况小凉也是了解的。"

"你是指他虽然确诊了癌症,但是因为早发现早治疗,已经康复了的事吗?"

"老师已经恢复健康了,话是这么说,但是写连续剧可是个体力活。健康的人都有被累垮的先例,所以谁也不敢保证他的健康状况绝对没问题。这对小凉而言是个机遇,要是你作为枪手能把事情办妥,那岂止是野上老师,整个电视台都欠你一个人情。"

我听着他的鼓励,却预感事情并不会这样发展。乡说是要替我庆祝,带我去了一家星级的西班牙餐厅。那时候我已经完全恢复了精神,但乡是要让我更有精神吧,我明明还没问起,他就讲起了大豆生田的事。

"她啊,突然给我发了一篇两小时电视剧的剧本。而且还是原创剧本。不仅如此,她可能是搞错了什么吧?开场就给我搞了一具血肉模糊的尸体,饶了我吧。直下先生也好,大豆生田小姐也好,都不太正常吧?"

乡一边愉快地笑着一边讲述道,他原本读了三页稿纸就打算扔进垃圾桶,但那时K电视台的石井来商量事情,正愁没稿件用,所以他就把那叠原稿给了石井。我皱起眉头,露出一副同情他遇到麻烦人物的表情,心里却和乡一样在笑。我在笑,大豆生田可真是单纯啊。

"大豆生田小姐,我写的剧情提要终于被采用了,不过编剧是由野上浩二负责的呢。因为是连续剧，所以可能会有我写的集数，我也要帮忙撰写底稿。虽然上线播出是在半年后，但一定是弹指一挥间吧。"

【大豆生田小姐还活着吗？】

过了年，三月份开办了一场电视剧制作发表会，我也作为相关人士得以出席。《如蝶如花》的电视剧版，根据乡的建议，标题改成了《花之女子新体操部》。虽说这名字品位一般，但是好歹一眼就能看出电视剧想讲个什么故事。有着好看脸蛋的女孩子们在舞台上站成了一列。饰演社团活动顾问的，是那位校园剧中不可或缺的著名演员。我正和一群只在电视上见到过的人共处一室。终于也来到这里了。我一边尽情呼吸着室内的空气，一边盯着舞台前闪烁的镁光灯，大门已经向我敞开了。

然后就在这时，发生了意想不到的事情。每朝电视台的电视剧，我每周都观看首播。这天因为体育比赛，电视剧的播映被中止了，于是我将频道调到了太阳放送的周四大型剧场。

开头就是杀人案。这虽然是悬疑剧的固定模式，但没有耸动的音乐，也没有瓢泼大雨。清晨的公园里有一个穿着运动服锻炼的女人，对面跑过来了一个穿着类似服装、年龄也差不多的男人。在他们擦肩而过时，女人用藏好的厨刀刺向男人，接着像什么也没发生似的走了。下一个场景，女人正笑着为家人们准备早餐。送走了丈夫和正在上高中的儿子，她便开始做起了扫除和洗衣服之类的家务活。这位主妇看起来幸福得像是画里描绘的那样，为什么会去杀人呢？女人嘴里哼着小调，开始磨起了厨刀……

我明明趁着广告时间泡了杯红茶，还拿出了点心，现在却连这些都忘记了，被钉在电视机前。女主角在两小时中杀了六个人，有时是笑着，有时咬牙切齿，看到最后我有了一种前所未有的奇妙感受，我同时感到了人类的痴愚与坚韧。是谁写出了这样一部实验性的剧本呢？我盯着片尾字幕严阵以待，却看到了大豆生田薰子的名字。

我怀疑自己看错了，打开电脑搜索了一下，果然，剧本是大豆生田薰子写的。但她是在什么时候和每朝电视台以外的电视台有联系的呢？我在制作人员名单中寻找着，发现了一个认识的名字。在颁奖典礼之后一起去居酒屋的那位，制作公司 K 电视台的石井，是这部作品的制作人。

难不成这是被乡丢掉的那部作品吗？我还看得那么入迷。但我并非因为感动，而是因为这部作品相较于往常的周四大型剧场，基调与节奏都迥然相异，令我觉得颇为罕见。这要是深夜播映的作品，就应该没有这么引人注目了。平时的周四大型剧场，就类似于老司机开的计程车，在熟悉的街道上慢悠悠地行驶。而这一次就像是个刚考到驾照的毛头小子，带着你在一片鬼都不认识的地方狂踩油门，横冲直撞。这很难说是一次舒适愉快的体验。

不出所料，3 Channel 的电视剧版两小时电视剧专区里面充斥着批判性的评论。绝大多数评论都指出，这部作品把杀人写得太轻巧了,但也有不少评论在后面补上了一句:"但是还挺有趣的"。

说到底,为什么大豆生田没和我讲这件事呢?也许是因为她对此没什么自信。既然如此,那我就去和她讲一下观后感。

"我看了周四大型剧场!恭喜你的作品第二次上电视。真是一部实验性的作品啊。我也要努力写连续剧了。我们都要小心睡眠不足哦。"

【让大豆生田去看看精神病啊。】

虽然大豆生田也没回复我这封邮件,但我持续着忙碌的生活,没空去在意这种事。我要帮忙撰写剧本,这并非一件轻松的工作。因为野上只对我写的剧本稍作修改,就拿去作为定稿使用了。而且,野上还把我写出来的那些颇为得意的部分给删减掉了。

"野上老师挺开心,说这次的工作非常轻松。"

乡像是鼓励我似的,一脸平静地对我说道。野上老师每次都这样做,只能揭露出一个事实,那就是即使业界泰斗年老体衰,也必须步履不停地发表新作的这种纠结。我说既然要感谢我的话,那好歹在演职人员名单里写上我的名字啊,说是剧本助理也好。但乡说这件事一定会被电视台拒绝的。

即使如此,自己的作品第一次在电视上播映,我还是期待到不能自已。我带着点心去剧组探班,看到演员们口中念出自己写的台词,我感激到两颊火热。

获奖以来一年,我走到了这里。我确实是在前行着的。

七月七日，第一集的播映时间是从晚上九点开始的一小时。我飘飘然地如在梦中，稍微有些坐立不安。虽然我是一个人在看电视，但还是用双手遮住了脸，从手指的缝隙间偷瞄着电视屏幕。

"别查了，别查了。"我一边压制住内心中另一个自己的反对，一边在播映结束后打开了 3 Channel。上面的评论比想象中要少。我看了看第一集的反馈，好歹是没什么特别打击人的差评，这让我松了一口气。但是，评论少，也就等于说是看的人少。收视率 4.8%，非常凄惨。这背后恐怕也是没有强大的节目组去争夺收视率，宣传不足吧。我想要给乡打个电话，但不知道该说些什么，于是就等着他来联系我。

但是紧接着，比数字更要命的问题发生了。原作小说被指控是抄袭作品。内容上可以辩解说，青春故事的王道剧情拢共就那么几种套路，但在那部被抄袭的漫画中还有大量台词和小说一致，这就搪塞不过去了。所幸第一集并没有出现那些台词，电台方面决定继续以原作为底本，但剧情展开则变更为与原作不同的走向。可是出过一次这种事的作品，观众可没天真到会买账。

第二季的收视率直接跌破 3%，第六集就被腰斩了。为了能圆上全国大会出场这种不自然的结局，我加班加点彻夜工作，但到了最后一集，制作人员名单上还是没有我的名字。但在这种低收视率烂剧上留名，也会为我今后的工作带来麻烦吧？那可真是太好了。虽然我这样安慰自己，可我也想在黄金时段的连续剧上留名啊。就这样，我一连三晚，都在自己墙壁并不厚实的公寓中，大半夜独自放声大哭。

但是，失去最多的还是乡。

九月开始，他左迁到营业部，开始负责恐龙展一类的活动。八月末的某个夜晚，乡突然醉醺醺地来到了我的公寓。他口齿不清地说，自己出轨的事情被妻子发现，交了一大笔抚恤金后被赶出了家门。

我这才知道乡已经结婚了。他并没有对我撒谎。只是我看着他手上没有戒指，就擅自认定他是单身。但是我们还没发展到能称为出轨的关系。当我告诉乡说，事情还有讨论的余地时，他将我压在了身下。事情结束之后，我什么也没有说。

我已经没有门路发送剧情提要了。通往职业编剧的大门对我关闭了，但塞翁失马焉知非福。我得到了乡。仅仅如此，我迄今为止的努力就有了价值。然而那天却是我最后一次见到乡。我后来在网上看到，他醉酒后对出租车司机施暴，逃逸去了不知哪里的乡下。

【这是大豆生田的诅咒吗？】

我将快递公司的工作当成自己的主业，改成了每周工作六天。勤勤恳恳地干了一年之后，所长来试探我要不要去参加升职为正式员工的考试。

"涟小姐做事就像是脑子里都一件件安排好了似的，完全不做无用功。你平时是不是在做什么体育项目啊？"

他这样问我，于是我就回答他说，自己平时的爱好是写剧本。

令我惊讶的是，这位快六十岁的男所长，竟然不知道什么是剧本。他明明还期待着每周的大河剧①。我跟他说，就是那个写着台词的书。他恍然大悟："就是台词本嘛。"但说到底他也不知道自己每周都一定会看首播的大河剧都是谁写的。我列举出了几个名字，他听了连连摇头。我列举出了很多著名编剧，但他听说过的都是那些作为导演也很有名的人。野上浩二的名字他也是第一次听说。

原来编剧就是这种程度的东西啊，我觉得颇为泄气。我开始继续办理升职考试的手续，虽然这考试也只是形式上的而已。我买了一个特大号的箱子，上面印着胸前有月牙的狗熊。编剧教科书、写好了备用的原创剧本以及目前为止的参赛稿件副本，我把这一类和编剧有关的东西都装进了箱子，邮寄回了老家。我干净利落地从编剧行业中抽身了。我再也没必要为了写剧情提要而去读漫画和小说了。往后只要看自己想看的电影和电视剧就够了。母亲从老家打来电话，隔着听筒都能听出她愉快的心情，她说既然我放弃做编剧了，那不如回老家。虽然她这样说，但我托辞自己已经成了公司的员工，拒绝了她。我知道自己是因为对什么东西还有所留恋，才依然留在东京的，但我拼尽全力假装自己没有察觉到这一点。

接着在几天后，我随便去电影院看了看，看到了以前就在关注的薮内享导演的最新作品。以前，批评家们评论薮内导演说，

---

① 大河剧，长篇历史电视连续剧。语源是法国的"大河小说"，但"大河剧"这一称谓基本上是指日本的独有剧种。

他很有才能，却没能突破那层外壳。尽管这样的批评已经持续了五年以上，但几乎可以确信，这部电影将可以终结那些批评声。然后……我在片尾名单中，又一次看到了那个名字。

大豆生田薰子。

那是一个被夺去了一切的女人的复仇故事。片中并没有什么令人感动的内容。人轻易地死去。也有些场景令人发笑。尽管如此，结局却令人的眼泪无法抑制地夺眶而出。这部作品令人深深感悟到自己对人类这种愚蠢而坚强的生物的爱，也能领悟到自己也是这样的人类，开始考虑起明天开始的生存方式。这部作品，是大豆生田写的……

我可以允许自己被感动吗？我真的可以做一个普通观众吗？我在干什么。快想起来吧，我曾有一次比她更为优秀。就让我再一次，从零开始，再一次给新人奖投稿，重新开始不就好了吗？

【薮内导演的摄影很厉害，但剧本太烂了。】

曾被我封印的气势重新涌了出来，不管再怎么创作，灵感都没有枯竭的迹象。我从头开始写完作品，给大大小小的一切编剧奖项投稿。不仅仅是电视剧，电影、广播剧、舞台剧，我全都写。其中我对电影剧本格外下工夫。

虽然大豆生田的这部电影开始没有特别出彩，但平淡而奇妙的爽快感与具有争议性的结局，还是吸引了很多讨论，评论的数量节节攀升。到了年底，这部电影获得了大部分国内电影节的提名，从作品奖到导演奖赢得了相当多的桂冠。大豆生田获得了剧本奖。她也在很多电影杂志上，阐述了自己下一部作品依然会和薮内导演合作。

这样想来，我大概也是比较适合写电影的那种编剧。我比较擅长深入挖掘感情，这一点不太适合电视剧。尤其是近几年，电视剧越来越讲求剧情好懂。可是参加了一年的各类比赛，最终还是全都止步于二次选拔，离决赛一步之遥。

【能不能获奖主要还是看运气，说到底新人奖就是这样的。】

我看着 3 Channel 上的这则评论，不禁点头。读着电影版上面对大豆生田的批判，我心里说着活该，觉得颇为舒畅。不知不觉我又回到了那种日子。这种表现恰如其分地揭示了一件事：我已经燃尽了。

随着新作即将上映，大豆生田的脸也越来越多地出现在电影杂志上。没有哪位编剧，仅仅是写了一部当红作品，就被杂志这样大书特书。她的新作在日本上映之前，将会在国外的电影节上展出。在此之上，薮内导演声称，如果这部电影斩获了什么奖项，他就会与大豆生田结婚。这使得对于这部电影的讨论热闹得像是过节一样。

此外，薮内导演大概是将大豆生田介绍给了周遭的电影从业者。现在对她的采访，大概已经多到令她头疼了。

【您最喜欢那部电影?《星球大战》。】

【您最喜欢哪本小说?《无人生还》。】

【您最喜欢哪部电视剧?《悠长假期》。】

这不是暴露了她没怎么见过世面吗？很有可能会导致观众对电影质量的信任感降低。鉴定结束。

"大豆生田是我亡夫的姓氏。薮内导演能够容忍我在婚后继续使用这个名字来撰写剧本，他的胸怀之广，令我心存敬意。"

我只能觉得这是在哗众取宠。但是，看着杂志上印刷的照片，我不禁怀疑上面那位女性是不是真正的大豆生田。她的服装、发型和妆容都变得相当干练，脸上还挂着女演员似的爽朗的笑容。这是胜利者的笑容。

失败者是我。假如说当初野上浩二没有聊起自己的癌症，假如说他前一年就退休了，假如说另外两位评委对自己的选择能更坚定一点，不，假如说他们肯用更公正的少数服从多数来选择的话，这张照片上的人大概就会是我了。大豆生田那部《生存游戏》被拍得一塌糊涂，尚且能连接起她未来的道路，我那部《比月亮更遥远的爱》若是能够播出，那肯定除了乡以外，也会得到其他影视从业者的认可。

说到底，要是大豆生田没参与那次选拔的话……要是她一开始就选择电影剧本这条路的话……要是她不存在的话……

【希望大豆生田薰子能够消失。不是从影视圈消失，而是从人世间消失。】

今天服务台那里来了女人。她手里抱着一个没有包装的东西，看起来像是用铝罐和橡皮泥做出来的雕塑。女人的年龄大概和我差不多。她想要邮寄这个雕塑，于是我帮她包装这个东西。我被这个雕塑割破了手指，血流在了上面，浸入了橡皮泥的部分。那女人说这东西是用来投什么奖项的，气得涨红了脸。她一边说着"截止日期就是明天，这该怎么办？"，一边指着时针指向六点五十五分的钟表——离邮送业务结束还剩下五分钟，一边推搡着我。

　　她哭喊着"该怎么办啊，你给我跪下"，将我推搡到墙边。天底下没有要我这样做的道理。说到底，天底下也没有能让这种鬼东西折桂的奖项。但是这个女人说要以损坏财物的罪名向警方报案，所长就跟我耳语说："跪下事情不就能解决了吗？"我没办法，只好在脏兮兮的地板上跪下，向她低下了头。我体内的血液就仿佛要从毛孔中喷涌而出似的，因为不甘心而沸腾着。

　　回到家后，我就像是要将心中持续翻滚着的愤懑投掷出去似的，敲打着电脑的键盘。贴着创可贴的指尖再次渗出了血，但我也不在意，继续敲打着键盘。我的键盘被染成了红色。

　　为什么我会……为什么？这完全没道理的。

　　当键盘上的每一个按键都被染红之后，我放着电脑不管，无力地打开了电视。大豆生田薰子穿着黑色连衣裙的身姿映入眼帘。薮内导演也穿着黑色的礼服，大豆生田挽着他的手，在红地毯上走着。她沐浴在无数镁光灯下的身影，与我重合在了一起。仅仅是三年而已。我明明应该是在那个舞台上的，要是大豆生田薰子不存在的话……

【大豆生田薰子消失吧!】

在大豆生田获得了二等奖银铃奖之后,她凯旋回国,可是在机场等待的人并不多。难道不是这趟航班吗?果然,就算受到了瞩目,普通人大概也只会将获得电影奖的赞赏献给主演。昨天主演回国,在新闻里面,我甚至看不到主演被众多粉丝挡住的脸。但是导演不应该有特别待遇吗?明明都宣布结婚了。

在见到大豆生田走过来的身影时,我心中的这些疑惑都被消解了。导演没和她在一起。她和一位穿着西装的年轻女性一起走着,大概是影视公司的人……但恐怕除我以外,没人认得出来那位就是大豆生田。

她顶着一张和三年前颁奖典礼时一样的脸,穿着土气的衣服,疲惫地向这边走来。即使如此,机会只有一瞬间。我重新将巨大的玫瑰花束在胸前抱紧。

大豆生田走近了。明明还有数十米的距离,但我们对上了视线,她举起了一只手。大豆生田就像是早就知道我会来这里一样。或许她连我心中的困惑都看穿了吧。一步接着一步,大豆生田走了过来。她走到了触手可及的距离。此时,我听到背后传来慌乱的呼吸声。我转过头去,明晃晃的刀刃映入眼帘。他为什么要这样?我没细想,就立刻行动了起来。

"涟小姐!"

我听见一声惨叫,睁开眼时大豆生田正看着我,而我已经将手中的花束按在了大豆生田的胸前。我想说出那句心中早已想好的台词,可后背却像火烧似的灼热,话语涌到喉咙中却只能被吞下,我就这样和大豆生田一起摔倒在地……

*

我一直误会了涟小姐。我一直觉得,她嫉妒我获得了每朝电视台新人奖的最优秀奖。这倒并不是我毫无根据地陷入了被害妄想。在颁奖典礼那天,我和涟小姐与直下先生交换了邮箱地址,约定好给对方发去自己的投稿作品。第二天大家都遵守约定,用邮箱交换了自己的读后感。涟小姐和直下先生除了说自己读到大哭或是感动不已之类的赞美之辞,也都提出了一些颇具建设性的修改建议。因为我身边没有写剧本的人,所以与其说交到了朋友,不如说更像是结识到了志同道合的伙伴。这令我感到十分踏实。

但是在同一天,3 Channel 的创作文艺版上,有人在每朝电视台新人奖的版块里写下了诽谤我作品的帖子。虽然我不看那种网站,但我弟弟将这些事告诉了我。我觉得这是没办法的事。要是立场转换一下,哪怕我不会写那种帖子,但难免也会有这样的心情。

此后,我的获奖作品《生存游戏》被影视化了。果不其然,在他们二人给我发来祝贺的观后感后,论坛上也出现了谩骂的帖子。负责和我对接的乡制作人,对我的作品完全没有做出评价。为了能交出自己满意的作品,我只得一行行地写出来,到最后也不知道自己在写什么,全都是些支离破碎的内容。

而且主演的那位女演员演技实在太差了。她当时好像是在和乡制作人谈恋爱。但是他已经结婚了——他好像经常做这种事——是不是已经被妻子告上法庭了呢……这故事倒是和涟小姐没什么关系。

但是，这是不完全燃烧，我要再写一部作品，努力创作到那部作品得以播出为止。我觉得若是不能面对严苛的意见，就没办法创作出能被大家认可的作品，于是向弟弟请教了网上查询作品评论的方法。我就那样在搜索栏中打下了自己的名字。这是叫做自我搜索吧。

这样一来，我找到了一个博客，名字叫做"向月狂吠"。那个博主在日记里主要写一些小说、电视剧和电影的观后感。在那个博客里写着这样的东西：

【如果大豆生田薰子不存在，现在就应该是我的作品在播出了。但是看着那部作品的惨状……制作人，你是不是把大豆生田当猴耍呢？但是啊，她纯属活该。】

我觉得那是涟小姐的博客。我想，大概是因为她无偿撰写了那么多剧情提要，却没能成功跻身业界，觉得烦躁了吧。我读完没觉得受到伤害，毋宁说觉得这是一次难得的能够观察到人类内心深处的机会。

我一次次想和丈夫共赴黄泉，但最终都没法简单死去。我想这令我的心灵损坏了。像我这样的人有很多。但是我知道，心灵被损坏的人，更清楚生命的强韧。虽然我想写这样的故事，但想来不会被电视剧的世界所接受。

正当我这样自己限制了自己的创作内容时，涟小姐发来了邮件。她建议我不如写一部以杀人犯为主角的电视剧。她说正是那些不被电视剧所容许的内容，才值得新人来创作。

我一边担心着会被直接否决，一边想着能用它来一决胜负，就这样写出了那部作品。虽然乡制作人无视了那部作品，但它被制作公司K电视台的石井制作人注意到了。于是那部作品被影视化了。看了那部作品，薮内导演直接来联系了我。导演说，他从很早以前就盘算着，想要拍摄这样的作品，一边痛快地展现人性的黑暗面，一面展现出生命的坚强与尊严。再之后，就如诸君所见，是如今的我了。

人们说我是灰姑娘，这我无法否定。为让我去往城堡，而向我施了魔法的有我的亡夫，有石井先生，有薮内导演……也有涟小姐。

但是涟小姐是如何看待我的呢？参加完电影节回国的前夕，我久违地点开了"向月狂吠"，却看到上面写着像是杀人预告的东西。以防万一，我和导演和影视公司的人进行了商谈。我们觉得如果她要下手，大概会选在机场。机场人多眼杂会很危险，因此导演乘坐了别的航班回国。当我和便衣警察一起向出口走去时，那里出现了涟小姐的身影。她抱着一个巨大的花束。她的架势看上去，搞不好是在花束当中藏了厨刀。

果然是她。我一边心怀绝望，一边又想要和她传达自己的谢意，心里百味杂陈。我朝着她举起了手，那是给便衣警察的信号，表示那个人就是犯人。

我当心着不被她察觉出内心的紧张，向涟小姐走了过去。在我们接近到只差一点点，就可以伸手触碰到对方的距离时，涟小姐身后的男人突然飞身扑了过来。那人手持一把兰博刀，向我这边突进，就在此时……

涟小姐像在保护我似的盖在了我的身上，被刀刺中了。

凶手是直下先生，"向月狂吠"也是直下先生的博客。涟小姐和直下先生一起获得了优秀奖，但读了《The Drama》上刊登的评论以后，任谁都会清楚知道，第二名是涟小姐。所以，我只怀疑了涟小姐。

恐怕当初如果是涟小姐出道，直下先生也会用相同的方式批判她吧。我总觉得，那只是他对自己没有做出成绩这件事所找的一个借口而已。

我要是没有轻易将那个博客断定为涟小姐的博客，让警方来好好调查，大概就能阻止这次的案件了。作为对涟小姐的感谢与赎罪，我向薮内导演建议：获奖之后的第一部作品，就来拍摄涟小姐的原创剧本吧。如果自己的名字能出现在片尾的制作人员名单中，天堂里的涟小姐也会很开心吧。

我希望能够引用一下涟小姐真正的博客中最后一篇博文，来为关于这场惨案的采访做结：

【不甘心，不甘心，不甘心。但正是这份不甘心将我留在了编剧的世界中。在我的梦中,有人用比谁都大的声音对我喊着"不要放弃",那人正是大豆生田薰子。所谓的挚友,不就是这样的存在吗?能拥有这样一位挚友,令我从心底感到幸福。为了能将这份心意传达出去,我要送给她一束花。然后我要对她说:"能够遇见你,真是太好了。"】

罪孽深重之女

上个月19日，星期日，在H县S市的电器商店"未来电机"中，因涉嫌挥舞刀具致3人死亡12人受伤而遭到当场逮捕的嫌疑人黑田正幸（20岁），至今绝口不提自己的作案动机……

*

黑田嫌疑人，不，我不想这么称呼他。正幸酿成了那样凄惨的案件……都是我的错。

要谈起我与正幸的关系，恐怕得花上点时间才行，这样没关系吗？那么，我想从头开始说起。

我——天野幸奈——在一段时期内，曾和正幸住在同一个地方。那幢公寓楼名叫"珍珠公寓"，名字很美，但外观是一座破破烂烂的木质建筑。我的房间是103室，从出生起就和母亲两个人住在那里。母亲是未婚生子，做保险推销员的工作，独自将我拉扯大。我的家庭绝不是什么富裕家庭，也没什么节假日和母亲一起出去玩的记忆。但好歹三餐都能吃上，单论这一点，我的成长环境比正幸要优渥。

在我升小学六年级的那个春天，正幸和母亲一起搬到了"珍珠公寓"的203室。正幸的母亲拿着草莓礼盒，带着他挨家挨户打招呼，那时我对他母亲的印象——一个规规矩矩的人。因为在这种一大半住户都是独身者、居民更迭频繁的公寓里，挨家挨户打招呼的人，我印象之中也只有那个人了。

不过多亏了她的拜访。因为那种红宝石似的闪着光的大颗草莓，母亲从来都没有给我买过。仅仅因为这样，我就觉得他母亲真是个好人。正幸的脸颊也像是草莓似的，光溜溜红彤彤，可爱到令我在心中给他取了一个"草莓小子"的绰号。他当时是小学一年级，比我小五岁。要是我们的年龄差再小一点，也许就不会发生这次的悲剧了。

正幸他们母子二人因为草莓给我留下了印象之后，就再也没和我产生什么关联。我们就和他们搬进来之前一样，过着自己的生活。假如说他是个不靠谱的孩子，我也许会和他一起上下学，但一眼就能看出来，他不是那样的孩子。

"因为是单亲家庭。"这样一句话就概括他的人格，令我非常不适。案发之后，趁着正幸还什么都没说，就擅自调查他的人生轨迹，把他的作案动机单纯归因于自身的境遇——我看到电视里的心理学家做这种事，觉得特别恼火。我决定向刑警先生阐述事情的真相，也是因为他们在那里不负责任地信口雌黄。明明什么都不知道，什么都……

话说我能理解他的感受，也许正是因为我们都是单亲家庭，有着相似的境遇。但这并非有什么负面含义。只是说我们比起周遭那些同龄的孩子，心理年龄要成熟上许多。母亲从没对我说过要我自己的事情自己做，或是说要我帮忙做家务。但是当我看到母亲独力撑起这个家的背影时，幼小的心灵就强烈地感悟到，自己必须变得可靠才行。该怎么说呢？如果家庭是支撑人的地基，我和母亲就像是站在一块浮出水面一点点的岩石上，无论是谁破坏了平衡，俩人都会跌入水中，大概就是这种感觉。尽管这样，我们俩人还好好站在上面。

一开始，正幸和母亲看起来也是这样子的。正幸平时独自上下学，在母亲下班回家前也要负责看家，他负担了颇多的家务。这些事他能很好地完成，我也从没看到他因为这些事情脸上有过什么不安的表情。顺带一提，他的脸一直是那么红彤彤的，挂着一副让周遭的人们觉得他很幸福的笑容。

只有我从来没有这样看待他。秋季运动会时，我在六年级的棚子里看一年级的孩子跳舞，坐在旁边的女生说："那孩子好可爱。"她视线的彼端就是正幸。他小巧的身躯拼命地舞动着。认识他的时候，他的个子比同年级的孩子都要矮，所以跳舞的时候也是站在头一排，像是要飞起来似的跳动着。那个时候，虽然他也很瘦小，但还没到过于瘦弱的地步。

"谁？正幸吗？"

我这样一说，坐在旁边的女生就问我是不是认识他。

"我和这孩子住在同一幢公寓楼里，就跟我弟弟差不多。"

平时一起玩的时候，我倒是没那么能说会道，但那次却不知不觉间这样说了。那时候正是什么都想要争抢的年纪。但可能是我这样召唤出了什么言灵吧。很奇怪，我话一说出口，就真的开始觉得，他像是我的弟弟一样了。不仅如此，我还向正在跳舞的正幸挥起了手，虽然只有一瞬间，但我看到他对我露出了一个炫目的笑容。那时候我觉得特别骄傲。

从那以后，在公寓楼里或是学校里见到正幸的时候，虽然他不会出声和我打招呼，但总会对我露出一个亲切的笑容。当然，我也会将我最好的笑容返还给他。我们二人境遇相同，并不需要什么言语。

也许那孩子没什么需要我的地方。但如果他需要我的帮助，我一定会献上一份力量。

这种想法，直到我成为了中学生，还依然存留在我内心的角落里。

我加入了吹奏乐社团，每天七点过后才放学回家。因为我每天早上也要去练乐器，比小学的时候还要早一小时起床，所以没什么机会在公寓楼里见到正幸。虽然那时也有过一些比较寂寞的时候吧，但让我觉得我比起他还要好上许多倍。那是在初一第二学期中段，我想要个新手套的时候。

那天我回到公寓时，太阳已经完全下山了，我看见楼梯下有一个黑影。靠近一看，原来是正幸抱膝坐在那里。

"你忘带家门钥匙了？"

这是我第一次和他搭话。我每年都有好几次，出门忘记带钥匙，在母亲回家之前都在家门口等待着。所以我看着正幸愁苦的表情，就觉得自己懂了，没往深处去想。他像是在想什么似的慢了一拍，才对我点点头。

"要来我家等你妈妈吗？"

我的母亲每天都要九点过后才回家，所以我带他回家也不需要取得谁的许可。但是面对我的邀约，正幸却沉默地摇了摇头。也许是他母亲禁止他去别人家里。我这样一想，就放弃了继续邀请他，说了声再见回到了自己家里。

然而我刚把包放下，就听到楼上传来咚咚的脚步声，像是有人在家里。看来正幸不是忘带钥匙，而是被赶出了家门。至于为什么，一定是因为小男孩调皮捣蛋，做了什么恶作剧吧。我就这样擅自下了结论。

其实是他母亲带了男人回家。

正幸的母亲在办公用品相关的公司上班。她经常穿着胸口印着公司名称的制服回家，所以我知道她在哪里上班。他母亲的外貌和那件藏青色的土气制服很搭调，所以把正幸赶出去和男人约会这种事，我根本没去想。再者说，先不论我还是个中学生，我当时是个连小宝宝从哪里来都不知道的晚熟孩子。所以第二天，即使我目击到了正幸的母亲和一个穿着同样制服的男人从家里走出来，也最多想象到他们二人是在家共进晚餐来着。

发觉他们二人行为很可疑的，是我的母亲。大概是公寓楼构造的缘故，比起在房间里听到隔壁的声音，楼上的声音要更为响亮。母亲吃着迟来的晚餐，听着楼上的声音，露出了不愉快的表情，皱起了眉头。然后，她这样对我说：

"你周围有没有朋友和男生交往啊？"

我不明白她为什么突然问这么一句。我一下子没能理解状况，本来蒙混过关就好的事，我却像个傻子似的如实作答道：

"我朋友里面倒是没有，但我们社团的同学里面有不少。"

话音刚落，母亲的手掌就拍在了饭桌上，母亲的味增汤洒了出来，可她像没看见似的直勾勾地盯着我。

"难道说你也谈恋爱了？"

如若没有这桌子挡着，她的怒气恐怕会扑面而来。

"我没有……"

虽然我没有撒谎，但说出这三个字就耗尽了全身的力气。

"妈妈每天拼命工作，就是为了能让幸奈读个大学，所以你一定要好好学习啊。现在什么事情应当是你最优先考虑的，你可一定要牢记在心里啊。"

我没有男朋友，成绩也没有那么差。尽管这样，我为什么非要被这样耳提面命一番不可呢？而且还这么突然。我很想要逃出去，可这样就会被母亲认为自己做了什么心虚的事情，于是我只好咬住下唇，忍了下来。但是这样一来，楼上那些下流的声音就窜入了耳朵。没办法，我端起使用过的餐具，故意发出很大的响声，送去了厨房水槽。

我开始不安地想，正幸现在正在哪里听着这些声响吧。或许是在楼梯下面吧。虽然我很想去外面确认一下，但若是漫不经心地打开了玄关的门，不知道又会被母亲说些什么。我只好边关注着楼上的动静边注意着母亲的眼神，从已经写好课程表的书包里取出教科书，开始做不必要的预习。

一室一厅的公寓里并没有可以一个人待着的地方。即使我很担心可能被赶出了家门的正幸，但我也清楚，出去亲眼确认状况绝不是被允许的行为。也许正因为母亲是个单身妈妈，才有着必须将我培养得堂堂正正的坚持。而且在我的心中,也有着想要回应母亲这份期待的想法。

即使如此我还是很牵挂。于是我装作去拉窗帘,视线透过玻璃窗,在楼梯附近找寻。正幸并不在那里,我因此稍微松了口气。

我看电视节目里面谴责过那种视而不见的行为,明明隔壁邻居就在虐待儿童或是家庭暴力,能听得一清二楚却不报案。那时候电视里的专家摆着一副感慨世态炎凉的表情,说是因为邻里关系变得淡漠了,或是不关心他人的人增多了之类的原因,但我觉得肯定不仅仅是因为这样。

很多人虽然放心不下,但自己还有一大堆问题需要拼尽全力去解决。对那些无所事事的人来说,仔细听就能辨认出怒吼和悲鸣。但对于那些没心思管别人事情的人来说,这就和窗外的车声没什么两样,虽然并非无声,但也不会是进到耳朵里的声音。

我那时候心里觉得,母亲是被楼上的声音闹,对异性问题有点神经过敏了。但我根本不可能和男生交往。秋天的时候,町上的神社举办了一场小规模的祭典,我和社团里的朋友们约好了一起去,告知了母亲。

因为理惠和华子两个人的成绩都不错,对于我和她们一起玩这件事,母亲从来不会说什么严厉的话。之前母亲说想要见她们一次,所以还请她们到过公寓里做客。母亲从早上开始就做好了什锦寿司,还买了蛋糕。大概是很喜欢她们吧,也不知道和她们说了多少次"拜托你们多多关照幸奈"。不止如此,母亲还和她们说了令人震惊的话:

"幸奈的父亲啊，在幸奈出生之前死于交通事故。他是 K 大学的教授呢。本指望这孩子能比较像她父亲，学习成绩很好，未曾想却是比较像我。方便的话，还请你们多教教她学习方法吧。"

我早就知道父亲是死于交通事故的，但这还是我第一次听说他生前的职业。母亲为什么现在突然提起这桩事来？我虽然很在意，但终究没问出口。

"诶呀，伯母也是 K 大学的吗？好厉害！"

听理惠这样问，母亲没有否定，而是含含糊糊地说："这种事嘛……"然后她说了一句"请两位慢用"，就出门去买东西了。

我想母亲的心中大概也有各种纠结吧。她对我和男生交往这件事的反应那样歇斯底里，大概是因为自己在这件事上曾经遭遇过失败吧？母亲是二十二岁时生下我的。我之前一直以为父亲和母亲是同年代的人，但教授的话，要四十多岁了。他的年龄应该比母亲大一倍才对。学生和教授。这样想来，也许是想等到母亲毕业以后再登记结婚。但如果是一段认真的关系，恐怕会在发现怀孕的时候就登记结婚吧，我猜想他们二人有可能是婚外情。我从来没见过自己的祖父母。假如说，外祖母和母亲是相似的性格，那么如果是婚外情，就应当会和母亲断绝关系。反过来说，如果是正当的关系，她应当会对成为了单身妈妈的女儿更为宠爱，在必要的时候出手相助才对。

也有可能是这样，父亲和原配妻子之间没有孩子，母亲希望生下我，来夺取妻子的宝座，所以才有计划地令自己怀孕。可是父亲死了。那时候已经过了可以堕胎的时候，没办法只好将我生了下来。

明明要是没有孩子，就能去做自己更想做的职业了。如果当初没有被男人冲昏头脑……

对母亲来说，将我生下来是一桩失败。与父亲的恋情也是一桩失败。正因如此，她才从不和我详细讲述父亲的事。她挑明了讲父亲死于交通事故，也是为了避免被人们误以为，自己成为单身妈妈是因为被男人抛弃了吧。此外，在做保险推销员的时候，这也可能会成为一桩丑闻。

但她为什么要对初次见面的女儿的朋友们说这些事呢？女儿交到了很理想的朋友，虽然应当好好招待她们一下，但屋子太小，没办法嘱咐她们几句就去别的房间，留下孩子们自己玩，这真让人感到凄惨。

母亲的老家大概算得上是富裕的吧。虽然像她小时候那样招待女儿的朋友们最好，但现在没有那样的条件。她索性直接展示出来自己家确实很狭小，然后再解释一下，让我们的境遇合乎情理。也许是因为这样，母亲才聊起了学历的话题。

就是说，虽然我们住在这种地方，但绝不比你们逊色。为了守护自己的尊严，她将这些至今为止从没对女儿说过的事情，和女儿的朋友们表明并得到了满意的回复。后来，她还挺喜欢我这几个朋友的，于是马上就答应让我和她们一起去参加祭典，甚至还给了我零用钱。

然而直到她下班回家，女儿还没有回来。她很担心，就去了神社，在半路上遇见了自己的女儿。彼时我正和一个男生同乘一辆自行车……

母亲当时亲切地向那个男生道了谢,但一到家,她就将我推倒在榻榻米上,开始责骂了起来。说什么"你这个谎话精,下贱东西"之类的。我一边哭着,一边拼命向母亲解释说,事情并不是那样的。我们到了神社以后,就和吹奏乐社里面比较时髦的几个孩子汇合了。那些孩子当时和同班的三个男生在一起,我们在小摊上买了炸鸡和薯条什么的,边吃边聊。话虽如此,但我基本上也没和男生聊天。我们在学校就约好了,在祭典上玩到九点为止,所以时间到了以后大家就解散了。当时母亲遇见的那个孩子,只是恰好和我回家的方向一样罢了。至于我为什么坐在他的自行车上,也只是因为他说自己急着要回家去和朋友玩网络游戏。

"你要觉得我是在撒谎,就去问问理惠和华子吧。"

我还是太天真了,以为自己只要说出她们的名字,母亲就会变得通情达理。

"但那两个孩子不是照样和男孩子一起玩到很晚吗?我还以为她们俩是比较认真的孩子,真令我失望。以后再也不会允许你们一起出去玩了。"

母亲这样说完,就将我关进了壁橱里作为惩罚。钥匙?那种老旧公寓楼里的壁橱不会有钥匙的吧。但是只要母亲没有允许我出去,我是没办法自己打开门的。我看你脸上写满了"为什么不反抗"呢。两个人相依为命就是这样一种情况啊。

周六也好、圣诞节也好、寒假也好,我都不得不一个人度过。理惠一开始还很担心我,问我为什么不出来玩。我回答她说因为要好好学习,她很轻易就接受了这个回答。也许在背地里,我也被她们说"费这么大劲,成绩也没提升"了吧。

因为我全部的精力都集中于如何在不触怒母亲的情况下生活,所以就这样,我没能察觉到正幸身上发生的事。

圣诞节的第二天,我再次在楼梯下见到了正幸。每月一次,资源回收车会巡回到公寓楼的垃圾回收站。在资源回收车到来的前夜,我为了将捆包好的旧报纸扔进垃圾站,走出了家门。那时我看到正幸孤零零地坐在那里。明明正有些下着细雪,但他身上只穿了一件薄薄的单衣。

"你在干什么?"

我一边询问着一边靠近他,脚下发出咔哧咔哧的声响。借着那盏小小的室外灯都能看得出,正幸眼窝深陷,眼球里没有一丝生气。难道他生病了吗?

"你妈妈呢?"

我焦急地询问道。但他只是无力地来回摇头。这是妈妈不在的意思吗?这个时候,我想起来,自己最近已经没听过楼上有什么声响了。难道说她一直都没回来吗?所以正幸才会饿成这个样子,瘦得像是根豆芽菜。习惯了他的那双眼睛后,我发觉他的脸颊也瘦弱不堪。我在他脸上找不到以前草莓似的、胖嘟嘟的样子了。看来不是只有几天没吃过饭那么简单。我意识到,他大概从更早之前,就没有好好吃过一顿饱饭了。

他说自己之前一直靠学校的伙食维生,但现在到了寒假。

"稍等我一下哦。"

我把那捆旧报纸放在原地，回到了家里。我想给正幸拿点热可可和速食汤之类的，但这个时间，母亲马上就要回来了。要是母亲冷静的时候，一定能理解正幸被一个人丢下的处境，也会认为我给他送去食物是正确的决定。但母亲若是失去了理性，甚至将正幸看作一个男人，那么她目击到我们两个人在一起，也许又会勃然大怒。这样一想，我就选择了能够立刻提供给他的东西。好在还有个面包，是一个蜜瓜包。我拿着蜜瓜包出去的时候，正幸还保持着同样的姿势坐在原地。

"这个给你，偷偷吃掉吧。"

总而言之，我不想被母亲知道这事儿。正幸刚接过面包，我就拿起那捆旧报纸去了垃圾站。垃圾站里的旧报纸已经堆积如山，我刚把手里的那捆堆叠到上面，就听到身后有一个声音说："我回来了。"是母亲。真是千钧一发。

"你没忘了把旧报纸扔掉啊，真是帮大忙了。"

母亲说这话的时候，感觉心情很好。她像是慰劳我似的，将手搂在我肩膀上，对我说："很冷吧。"然后她将我搂得更紧了，和我一起迈着俩人三足似的步伐向家走去。正幸已经带着面包回家里去吃了吧？我这样想着，抬头看向二楼亮着灯的房间。

那一夜，我在被窝里还净想着正幸的事情。

他为什么会在那种地方？是在等她母亲吗？是在向谁求救吗？我想一定不会是后者。我感觉，自己当时会出现在那里，只不过是机缘巧合。

我中学一年级的时候，像青春期的孩子们常有的那样，时常会去思考自己存在的意义。学业、运动、乐器、容貌,无论哪一项我都泯然众人。有时候想到这种事,我会怀疑自己生而为人的价值,在深夜里忍不住想哭。因为我又有些处不好和母亲之间的关系,不禁觉得也许自己没出生才更好。我想象着一个自己不存在的世界,我看到母亲在那个世界里,和自己的朋友一起开心地笑着。看到她的样子,我被希望自己能够消失的想法困住了。

我家没有电脑,母亲也没给我买手机。假如我有那些东西的话,应该会在网上搜索不知道多少次"自杀"这个单词。

我觉得在那个晚上,我还是有点作用的。正幸不擅长对别人撒娇,也不擅长请别人帮助,对于他来说,那天晚上出现在那个地方,还收下了我的面包,肯定是因为已经被逼到了极限。假如我没有给他面包,他也许已经死在那个晚上了。

我救了正幸。然后,那就成为了我存在于世的意义。我令他活了下来,那么只要他还活着,我就可以继续活下去。

正幸是怀着怎样的心情吃下蜜瓜包的呢?先咬了一口,让甘甜在口中扩散开来。然后一边品味着进食与生存的喜悦,一边大口大口地吞了下去。他大概是这样的心情吧?他大概在绝望之中,看到了一盏孤灯吧?

刑警先生觉得这是我在夸大其词,这证明了你的人生相当幸福美满。

但是,因为他活了下来,上个月,有三个人被夺去了宝贵的生命。

第一位是个十七岁的女高中生,她是乒乓球社的队长,人缘很好，为了以后能够成为药剂师，她拼命地学习。

第二位是个三十四岁的男人，公司职员。上个月，他的孩子刚出生。

第三位是个五十二岁的主妇。她似乎很期待下个月的夏威夷旅行。那是她有生以来的第一次海外旅行。她一直忙着照顾丈夫的双亲，正当终于可以享受自己的人生时，悲剧却发生了。这些都是我在周刊杂志上读到的。

这三个人，都被正幸挥舞着菜刀杀死了。人们说他和其中任何人恐怕都没有私人恩怨，这只是无差别的犯罪。这一点我也同意。

这些受害人的家属要是知道了我和正幸以前的那桩事，恐怕会记恨我说，当初为什么不把正幸留在那里等死。上大学的时候，是哪节课来着？老师问了学生们一个问题：

你手握着切换铁轨线路的开关，有一列刹车故障的火车正在狂奔着接近。一侧的铁轨上有一位善良的市民，另一侧的铁轨上有五个罪大恶极的歹徒。你必须选择让火车撞向其中一侧，那么，你会让火车撞向哪一侧呢？

作为单纯的问题来说，我们会根据人的道德来做决定，我当时选择牺牲那些罪犯。我本以为这是个理所当然的选择，都没什么讨论的余地，但令我惊讶的是，有人选择牺牲那位善良的市民。按少数服从多数来算，他无可抵抗地输了，但他放开嗓子，大声地解释自己的观点，在尴尬的气氛当中谈着什么罪犯的人权。

但是，如今要是问我这个问题，要我将其中一个罪犯想象成正幸的话，就完全无法像当初那样简单地做出回答了。那我还不如直接自己冲上去，用自己的身体挡住那辆暴走的火车。

也许铁轨一侧的人的的确确是罪犯，但让他成为罪犯的人是我。

我当然不可能是为了一个面包的事情而跑到这里来。我的罪孽并非是给出了一个面包，而是我没能负担起给出那个面包后产生的责任。

给了正幸蜜瓜包的第二天，在母亲出门上班以后，我做了饭团，去楼上拜访正幸。我整夜都在想着正幸的事。一边想着他的事，一边集中精神仔细聆听着楼上的声音，却没听到正幸的母亲回家的声音。

我按响门铃以后，就听到了啪嗒啪嗒的脚步声接近，接着他颇有气势地打开了门。虽然正幸的脸颊没有恢复成草莓色，但也恢复了些许生气。当他看到我的脸时，就沮丧地低下了头，他一定以为是母亲回来了。

我将手上拿着的一个个包着保鲜膜的饭团递给了他。正幸并没有像昨晚接过面包那样立刻接过去。看来因为昨晚的面包，他的自尊心也复活了。

"要是觉得麻烦，你扔掉也可以。但你要是偷偷吃掉，我会很开心的。"

我将饭团强行塞到正幸的手里，转身离去了。我其实很想看看他家里什么样，但是那种会把孩子一个人丢下的父母，总会半威胁似的警告孩子不可以给别人开门、不可以让别人进家门之类的。而且，她要是偶尔回来一趟，发现家里有别人到访的痕迹，应该也会不管自己做的事，只去责备孩子的行为。

我这些救助正幸的行为，要是不能酌情处理好的话，难说不会发展成致命的情形。而且我也不觉得自己是在卖人情给他。所以我既没必要去期待什么答谢，也没必要去巧言令色诱导他说出自己的烦恼，只要给他食物就足够了。话虽如此，我还是想要能供给他三餐，可这肯定会被公寓楼里的其他人察觉到。正幸的母亲自不必说，这事儿可不能被我母亲发现。因此，我每天去造访他一次，提供食物的分量，也保持在可以说成是被我吃掉了的范围内。

但我保持着距离的态度，却打开了正幸的心门。当我第三次拜访正幸家的时候，他对我说了一句："谢谢。"那天我给了他用微波炉加热的肉包子。也许因为肉包子散发出的腾腾热气，他的脸颊像是马上要成熟的草莓似的，微微变红了。我的草莓小子回来了。他对我开了口，这让我很开心，于是我也打开了话匣子。

"你在干什么呢？"

"写作业。"

"哇，了不起。你有什么不会的题吗？可以问我。"

我心里倒是也没图谋着说，差不多也该去他家里看看了什么的。只是因为我是独生女，一直惦记着，要是我有兄弟姐妹，就要这样说一次试试。大概会被拒绝吧。我刚说出口就做好了心理准备，但正幸的眼睛里却冒出了比收下肉包子时还闪耀的光芒。

"嗯。"他点了点头。

我一边窥探着四周的样子，一边走进了房间。我脑海里想象着,里面一定到处都乱丢着衣服,厨房水槽里全是没洗过的餐具,还有散发着恶臭的剩饭剩菜。但是,他家里并没有那幅光景。不如说,他家里什么都没有。我当然是不能乱翻人家的冰箱,但我在厨房里也没看见任何零食、点心和泡面之类的储备食物。我不禁觉得有些可怕,难道他母亲压根儿就没打算再回来吗?

在家徒四壁的房间里,我辅导起了正幸的语文作业。正幸似乎很不擅长写汉字。在作业本的封面上,他只用自己学过的汉字写了名字。"黑田正yuki"几个字就好像快散架似的七扭八歪地写在封面上。

"正幸(Masayuki)里的yuki,是哪个汉字啊?"

听完我的问题,正幸在作业本的空白处写了一个多出一横的"幸"字。

"那和姐姐一样呢。我的名字是幸福的幸和奈良县的奈,读作幸奈。"

仅仅是因为名字里有一个字相同,就让我愈发觉得彼此是姐弟了。搞不好我们前世真的是姐弟关系也未可知。

"我们都拥有着幸福呢。"

被母亲严密监视的我,和被母亲抛弃的正幸。如果是我们俩人的话,也许真的可以得到幸福。我甚至萌生了这样的希望。虽然我想要和他一直在一起,但辅导作业只需不到一小时。为了能让我们之间的关系可以在不被发现的情况下长久地延续下去,我们就必须保持这种钢琴线一样纤细的羁绊。第二天我也给正幸送去了面包,然后去辅导他写作业。那天是算术作业。

再之后的一天，我用攒下来的零用钱买了些咸饼干之类的东西，去拜访了正幸家。因为母亲年末年初休假，到那时候我就没办法再去找正幸了。要是能更加自由地往来，我想要和他一起吃点过年该吃的炒面和炖年糕汤。但这是无法实现的愿望。既然如此，我就只能选择一个更为现实的对策来确保正幸不会被饿死。为了能让他稍微过个好年，我还买了些小零食，我希望这些能让正幸开心一点。

虽然我没办法和学校的朋友们一起参加圣诞聚会和新年聚会，但正幸的笑容是比什么都宝贵的礼物。夜里，我钻进被窝，看着天花板，想着他今天也在上面生存着。仅仅是这样想着，我就觉得自己度过了愉快的一天。

正幸的母亲是一月一日早上回来的。上午，我和母亲去了之前举办祭典的那座神社做了新年初次参拜，接着去商场的新年特卖。我在路上看到了正幸牵着他母亲的手。正幸拿着一个零食礼包，上面印着"男生用"的字样。他每走几步就要停下来看看纸袋里的东西，脸上挂着的表情，比我见过的任何时候，看上去都要幸福。

无论遭受了怎样差的待遇，孩子还是喜欢母亲的。我也一样，即使不被允许在学校外和朋友们见面，令我颇为寂寞，但当母亲看着第二学期的成绩单表扬我时，我也会觉得这样也蛮好的。

但是，正幸的表情看起来越幸福，我对他母亲的愤怒就越强烈。你一直把孩子丢在那里不管，难道你觉得现在用这些小零食就能弥补得了吗？要是没有我，正幸搞不好就死掉了。

明明你差点就成了个杀人犯……

可是我也察觉到了自己的过失。长期不回家的母亲这次一回家，看到正幸还很有精神，恐怕会觉得她即使把孩子一个人丢下也没多大事。这样一来，她就不会去反省自己的行为，也许下次会离开更久也未可知。

我正认真地担心着正幸的事情，她母亲若无其事地朝我们走了过来。正幸是为了遵守和我的约定吧？他躲在母亲的身后，那时看也没看我一眼。

"去年承蒙您多多关照了。"

正幸的母亲对着我们，尤其是对着母亲，露出笑容点头致意。我有点担忧，她搞不好注意到了我给正幸送东西的事，所以我并不敢和正幸的妈妈对上眼神。

"哪里的事，我们才是承蒙您关照。"

母亲回答道。就在这单纯的新年问候之时，正幸的母亲突然说出了令我震惊的话：

"我们决定月底就搬家了。"

正幸母亲的脸色染成了和她儿子一样的赤红色，洋洋得意地说道："我要再婚了。"

"给您道喜。"

母亲说这句话的时候，比起新年问候更像是社交辞令，听不出什么感情。"走吧。"她推着我的背，朝着新年卖场的方向走去。正幸知道搬家的事情吗？他怎么看待这件事呢？我想要知道答案的心情几乎要喷涌而出，却没办法回头看向他们。

回到公寓以后，我钻进被炉里看着电视，可荧幕中的内容却进不了脑子。正幸要搬走了。要是他母亲再婚以后，不再把他一个人丢下的话，那倒也称不上是悲伤的别离。但是我没办法做出什么积极的想象。那个男人在这段时间里，恐怕是知道正幸被母亲一个人丢在家里的。如果他是个有常识的人，就算想要过二人世界，也应该会劝她回家看看孩子的。不如说，那位看上去很认真的母亲，会做出那样不负责任的行为，应该就是受了那个男人的教唆。正幸如果与那样的男人住在一起，也有可能会遭遇暴力。我左思右想，却只能想象出一个正幸变得不幸的未来。

如果那个男人也搬到这幢公寓里来，我还可以从他手中保护正幸。但要是他们搬去很远的地方……被禁止无故外出的我，恐怕也帮不上什么忙。

电视里传出阵阵笑声。明明在看正月的喜剧节目，但我笑不出来，母亲也许会觉得这很可疑。于是我偷偷窥探着坐在对面的母亲的表情，她也没有笑。

"这有什么好笑的？完全搞不懂。"

母亲这样说着，就换台到了正在播放歌曲节目的频道。我注意到在她把手伸向电视遥控器的时候，瞥了一眼天花板。也许母亲也觉得正幸的母亲再婚这件事，一点都不有趣。

"哎，随便吧。"

她是对着电视说的呢，还是对着楼上说的呢？彼时，一个念头像是电流似的涌过我的脑海。要是正幸的母亲搬出了楼上的房间，母亲也许就会变回以前的母亲。也许母亲会不再对男性神经过敏，和我继续度过平稳的生活。

也许我也能解放了。

我一方面期待着这桩事，一方面又觉得自己有这种念头十分无耻。只要自己能幸福，就能允许那种事吗？难道正幸的存在，对我而言仅仅是用来慰藉我自己的不幸的吗？难道我应该思考的，不是我们该怎么样两个人一起获得幸福吗？

我不能至少问问他们要搬去哪里吗？

在我苦闷地思考这件事时，新学期开始了。距离正幸搬家的日子越来越近，但我的烦恼却以出乎意料的形式解决了。

正幸的母亲被道匪袭击了。她的脸受了重伤，是被锐器把脸颊和额头等多个部位割伤的。这条新闻不止在公寓周边，就连学校里也广为流传，被当做一桩大案。因为凶手还未被捉拿归案，使得人们更加在意了。理惠和华子知道了我和被害人住在同一幢公寓以后，虽然二人在学校里和我渐渐疏远，但还是怀着巨大的好奇心，跑来问我被害人是个怎样的人。当然了，我也不可能和她们说，那是一个把孩子独自丢在家里很长时间的垃圾人。

我就含糊地回答她们说我不知道，我也确实不太清楚这案件的详情。我也就只见到过正幸的母亲头上像木乃伊似的缠满了绷带而已。那一段时间，我经常见到正幸拎着装满了速冻食品的购物袋在街上走。看到他辛勤照顾母亲的样子，我胸口变得火热。

我觉得这就是她把正幸丢下不管而遭受的报应。但与此同时，我也因为不必再担心正幸被饿死而感到松了一口气。

虽然同年级的女生们都很怕自己也被拿刀乱砍人的歹徒袭击，

但很快，凶手是女人、动机是怨恨这种流言就甚嚣尘上。女生们觉得，那样的话就与自己无关了，这话题也就慢慢以此作结了。说是正幸母亲的那位再婚对象，其实也在和其他人谈恋爱，就是那个女人袭击了她。

"所以才会砍她的脸啊。"

理惠一本正经地这样说道。再之后，也许这正如凶手所预料的那样吧，月底过后，正幸和母亲也没有搬家，那个男人也再没来造访过这幢公寓。

但对于正幸来说，这很难称得上是幸福。因为我偶尔能见到他母亲，总是喝醉了酒似的摇摇晃晃。即使拆下了绷带，她脸颊两侧也留下了巨大的伤痕。也许因为她不希望顶着这张脸出门见人，每次正幸从学校回来，总是提着购物袋。

"购物很累吧？"

有一天，我在公寓楼前遇到了正幸，于是这样问道。正幸沉默地摇了摇头，我瞥了一眼购物袋里的东西，有不少巧克力之类的点心。这让我稍微安心了一点。

"有什么困难要跟我说哦。"

我虽然这么说了，但在内心深处还是觉得，这件事最难解决的部分也许已经解决了。所以，能不能两个人一起变得幸福这件事，我已经不必再付出全部心神去担心了。这一点，也被正幸看穿了吧。

之后，正幸决定去复仇。

虽然正幸和母亲已经不打算搬出去了，楼上男人的响动，不，性爱的响动也消失了。正如我稍微期待着的那样，母亲对我也不再说那么严厉的话了。当然，和男生交往或出游还依然是禁止的事项，但她允许我和理惠与华子这些女性朋友一起出去玩了。

仅仅是这样，就已经令我感到足够幸福了。而刚升上初二，我就被同一个社团的男生告白了。然后我们开始交往。当然，我非常细心地避免这件事被母亲发现。我有生以来的第一位男朋友叫作白井光喜。他是吹奏乐社的长号手，虽然并不是一个引人注目的男生，却是个很幽默也很温柔的孩子。因为这件事，我突然不和大家一起玩了，这引起了母亲的注意。虽然她和我说，要是在社团活动中遇到了什么不开心的事，一定要和她倾诉，但我也不可能和母亲讲那些事。

如果我们俩人在一起的事情被母亲发现，那最终无疑会使我回到过去那些憋屈的日子里。这样说来，不去和男生谈恋爱不就好了吗？但也许彼时的我，觉得这种必须保密的恋爱格外富有魅力。不如说，如果母亲是一个能理解我和男生交往的人，当白井和我告白时，我想就会因为他不是个多有趣的人而拒绝掉他。从这层意义上来讲，也许对方是谁都无所谓。

幸而我们在同一个社团，没必要为了做约定而打电话，也就没什么机会必须躲避着母亲的耳目来办事。母亲推销保险所负责的区域在隔壁町，所以只要避开她工作的区域，我也不必担心在路上被她遇到。说到底我们毕竟是中学生，约会也不过是去商场的美食广场和游戏厅逛一逛罢了。到了今天，我都想不起来当初和他聊些什么了。大概因为多数时候，其他吹奏乐社的孩子们也在场，只有我们俩人度过的时间屈指可数吧。

虽然我和白井独处的机会并不多，但还是被母亲知道了。这事儿完全没什么先兆。当时是该增减衣物的季节了，学校发了夏季制服。母亲下班回家后，我觉得时机正好，就去找她要钱来买新衬衣。我们中学的女生制服是水手服，底下配兼用于衬衣的T恤衫和吊带背心。一年级的时候，学校规定只能穿白色的T恤衫，但今年开始也可以穿黑色的了。理惠和华子买了黑色的，说这样不用担心它太过透明，我也因此想买一套黑色的。

"你还真是有脸跟我说这些啊。"

母亲的眼神和语气都冷冰冰的。就算再和她提起买吊带背心的事，她的表情也没有缓和的迹象。但我不就是说个衬衣的事情吗？为什么就得被她这样骂？

"幸奈，上周五放学后，你和谁在一起？"

我的身体一瞬间僵直了，腋下唰唰地渗出冰冷的汗水。那天，我和白井一起去了商场的美食广场。那里刚开始贩卖刨冰，我们约好了一起去吃。

"我和社团的朋友们在一起。"

"理惠也在？"

我沉默地点了点头。

"别撒谎了。你是在和一个男生独处吧？妈妈都听说了哦。"

"从谁那儿听说的？"

有人向母亲告密。

"那是你该关心的吗？"

她怒不可遏地大声喊道。我从她的声音里，稍微听出一点"出大问题了"的感觉。母亲的工作也许算是社交性比较强的，但她在职场上认识的人没道理会知道我长什么样子。公寓里的人倒是知道我长什么样子，但又没人和母亲关系好到会向她告状。

刹那间，我意识到一个大问题。不是有一个人经常提着那个商场的购物袋吗？那人和我很熟啊，那人就是正幸。但是他看见我和男生走在一起，怎么会和母亲告密呢？不对，正因为是他，才会去告密。我本应当和他一起相互帮助着活下去才对，但他看到了我和其他男生走在一起，这一定让正幸感到被我背叛了。

母亲让我给她白井的电话号码。我别开眼神，说不知道。她就拿起电话听筒，说要让学校以不正当男女关系的罪名惩罚我。我没办法，只好把吹奏乐社的名单交给了母亲，给她指了指白井的名字。母亲就一个电话打了过去。白井当时去补习班了，不在家。于是母亲就对着白井的母亲说了很多过分的话。

"你到底是怎么教育你家儿子的？万一出了事儿，你们家负得起这个责任吗？"

万一出什么事儿啊？我们连手都没牵过。我都不知道明天到底该怎么去学校，眼前变得一片漆黑。学校明天要是能原地爆炸就好了。真希望等明天我一觉醒来，整个世界都完蛋了。我脑子里想着这些无法挽回的事，母亲在边上继续对着电话一通乱骂。

"顺便一问，你老公上的是哪所大学啊？……哎呀呀，听都没听说过。那看来跟你们说什么要你们好好教育儿子，恐怕也是白费口舌了吧？"

快别说了！我冲出门外，想要远远地逃开。我想要逃到母亲追不到的地方去。但是，我却不知道该逃往哪个方向。既然如此，就藏起来吧。于是我去了走廊下面，但那里已经有一位客人了。

是正幸。我不知道他为什么会在那种地方。是母亲又没有回家吗？是又被母亲赶出来了吗？是和母亲吵架了吗？但随便怎样都好。因为这个时候明显是我比较不幸。但是，发生这种事，正幸也有责任。我想要责备他，我想要骂他，但话到嘴边，当我看到他的脸时，却是眼泪先行喷涌而出。我流着泪，无力地坐到了他身边。正幸就像是想要鼓励我似的，无言地靠在了我身上。

"救救我吧……"

我低头抱着膝盖，从喉咙里挤出声音。

"救救我。我以前救过你吧……现在换你来救我吧。"

正幸没有回答。这时，一楼的房门打开了，母亲在里面叫着我的名字。无论有多么艰难，我也只能回到那个人身边去。

"抱歉，忘了我刚说的吧。"

我向正幸留下这样一句话，就回到了家中。大概是因为那些念头和白天积攒的压力都释放干净了，母亲已经不再生气了。

"到头来，人生在世不过是被好运和厄运所决定的。被奇怪的男人玩弄，这种事也不过是运气不好罢了。"

这是我听母亲说过的最后一句话。那天夜里，公寓楼起火了。火是从正幸家燃起来的。官方说法是他母亲吸烟时不注意而导致的，但我认为是正幸纵的火。毕竟，我刚刚拜托过他救我，当晚就偶然起火，世上不会有这么巧的事。

他知道母亲会问罪于我，所以救了我。证据就是……

当天晚上，我确确实实听到正幸在窗外喊了一声："姐姐！"我以为是梦，翻了个身，却看到天花板熊熊燃烧着。我急忙从窗外逃了出去。在我不顾一切地逃出去以后，突然想到不能不去救我的母亲。于是我回到窗边，对着里面大喊："妈妈！妈妈！"但她却始终没有醒来。我后来才知道，母亲似乎是吃了安眠药。她不是那一夜才开始吃安眠药的。母亲当时正在精神内科就诊。她最初去接受诊断，是正幸的母亲带男人回到公寓楼的时候。那时母亲已经意识到了，自己的精神垮掉了这件事。

假如母亲至少能告诉我，她在看精神科这件事，我对母亲也许就会更为宽容。这样的话，也许我也会好好告诉自己，在母亲治好病以前，要好好守护她的心，不去和男生交往。那样的话，我也不会去向正幸求救，母亲也不会因此而死。

那场公寓大火不仅杀了我的母亲，也杀了正幸的母亲。

哎，把这件事告诉你们，似乎只会增加正幸杀害的人数。但是这些有一半都是我的错。

因为公寓楼被烧没了，母亲也死了的缘故，我被送去了儿童福利院。因为福利院在隔壁町，所以我也转学了。因为我没再见到白井、理惠和华子的脸，就离开了那所学校，所以正幸算是做成了我所期望的事。

那之后，我再也没见过正幸。我听一些流言说，他搬到了很远的农村里，和亲戚住在一起。我以为我们不会再见面了。

但在我心中的某处，却时不时想着，但愿他能在这片星空下幸福地活着。正因如此,仅仅是擦肩而过,我却一眼认出了正幸。

那是上个月的事。我为了买一个新的吸尘器,去了车站前的电器商店。我在店门口和一个男人擦肩而过,觉得那人我在哪里见过。虽然欠缺了些许光泽,但那红草莓似的脸颊,一下子就将我的记忆带回了过去。

"正幸!"

我朝着他的背影叫住了他,他闻言停住脚步,转过身来。他脸上有些吃惊的表情,所以我知道他也想起我了。我那时别提有多开心了。

"你过得怎么样?"

我本应注意到他面对我的询问时不发一语的神情。但我那时实在是太开心了,只顾着说自己的事情。

"我从那以后,虽然不能说很顺利吧,但现在过得很好呢。对了,我现在在微笑面包上班。就是做当初那个蜜瓜包的公司。不过工资不算多,日子稍微有点拮据。我今天是来买吸尘器的。其实啊,我现在正在和人谈恋爱呢。他要来我家里了,我可得把家里收拾干净点才行。啊,对了。"

我从手提包里掏出笔记本,扯下一页纸,在上面写下了自己的手机号码,然后递给了正幸。

"正幸有时间的话也要来玩哦。好吗?"

他是回答了"啊啊",还是回答了"哦哦"呢?我没太听清楚。但正幸收下了那张纸条,然后塞进了牛仔裤的口袋里。他说了一声再见,就挥挥手离开了。

我目送着正幸的背影。那个身材小巧的男孩子，我最珍视的草莓小子，身高完全超过我了呢。他变成一个大男人了。因为有我，才有今天的他。因为有他，才有今天的我。

这种感情，即使需要追逐他，我也必须传达出去。

一周后，他在同一家电器商店，在和我重逢的地方，挥舞刀具，砍死了三个人，砍伤了十二个人。

他没能度过幸福的人生，但他听我说，我的生活很幸福。我甚至还告诉他说，我交到了男朋友。"你是托谁的福才能获得幸福的啊？"经过了那么长时间以后，他一定是再度感到被我背叛了。

也许他根本就没把我当作姐姐来看待。我们之间有五岁的年龄差。虽然在那个时候，这使我们无法将彼此当作恋爱的对象，但如今已经是完全可以相爱的了。重逢的时候，我怎么就没能察觉到这一点呢？

正是因为正幸唯一的心灵支柱背叛了他，那种绝望感驱使着他犯下了这桩血案。

全部都是我的罪孽。

全部都是我的过错。

请你们无论如何都不要治他的罪，请你们惩罚我吧……

*

谁啊那是？

当我把天野幸奈做的事告诉黑田正幸以后，他第一反应是这个。他不像是在故意摆出讨人嫌的态度，而更像是真的不记得这个名字。

我拿着记录了天野幸奈证词的录音机,心想这东西要是给我那位热衷于电视剧的老婆听,她一定觉得有意思。我一边这么想着,一边给黑田听了录音。然后我再一次询问他,天野幸奈的事。

"那个恶心的女人啊。"

黑田这样嘟囔了一句,就开始竹筒倒豆子似的说起了自己的经历。看来他虽然想要行使自己的缄默权,但对于幸奈证词中的一些内容,却实在是想要反驳。

以下,我简单汇总了一下黑田的证言。

*黑田从未被母亲一个人丢在家里。他母亲尽可能不发出声音,沉默地过日子,是因为楼下的住户——也就是天野幸奈的母亲,动不动就打来讨人嫌的电话。

*黑田母亲的男朋友很宠爱黑田。

*黑田那位温柔的母亲之所以会变得不正常,不仅仅是因为脸上受了伤。有人多次向他母亲与男友的公司发去信函,告发此二人有虐待儿童的行径。她的男友因此罹患了神经衰弱,和她解除了婚约。此后,她就变得不正常了。她怀疑做这一切的罪魁祸首就是幸奈的母亲。

*跟幸奈的母亲告状说她和男人约会的人,并不是黑田。

*纵火的人是黑田。原因是他不堪忍受母亲对自己的虐待,和天野幸奈没有半毛钱关系。

*黑田确实记得自己在电器商店遇到了幸奈,但他当时没想

起来那是幸奈，只觉得遇到了一个脑子有问题的女人，突然和自己搭话。他也确实是被这件事搞得很烦躁。

最后，黑田说他犯罪的动机是"因为厌倦了自己充斥着厄运的人生"。对于这个荒谬的动机，我是绝对没办法有所共鸣的，但有一说一，他这辈子确实够倒霉的。

与天野母女相遇这件事，恐怕也是他人生中诸多厄运的一环吧？

温柔的人

X日晚上九点后，在地处N县N市的"自然之森公园"中，公园管理人员在户外烧烤广场发现了奥山友彦（25岁）的遗体。奥山的腹部和胸部被利器刺伤多处。目前警方正在调查审问与其共同来到户外烧烤广场的一名女性（23岁）。

证言1 母亲

友彦是个温柔的孩子。他似乎没有过叛逆期。我身为家长，甚至都没听过儿子大声说话。他就是这样一个稳重的孩子。这孩子也没什么主见，我作为家长甚至会因此而焦虑。像是地方上举办儿童聚会这种活动的时候，不是会准备些零食和点心吗？要都是同样的东西，那倒也大可不必急着去抢。但他们都一般都会准备几种口味的零食，你看，譬如说薯片，不就会准备盐味的、原味的和海苔盐味的吗……大家都急吼吼地冲上去，只有那孩子总会排在队伍最后。我问他说："你其实想要别的口味吧？"他也只是笑嘻嘻地和我说，确实就想要这个口味。

我很担心这孩子能不能在这个弱肉强食的社会中生存下来，但他学习很好，也很擅长使用电脑。最后也没让家人担忧，成功地去了业界相当著名的一家公司就职。他小时候从来没带朋友回过家，但上班以后，倒是经常在家里谈起朋友的事情。我忽然觉得,似乎再也不用为他担心了,因而觉得颇为寂寞。

是什么样的朋友?那时候从他说是网友的人那里收到过鲋寿司①。他和我们说:"我们在互相送对方一些很臭的东西。"然后他寄给对方一些臭鱼干②,笑得很开心。我们娘儿俩和丈夫,三个人一边喊着"好臭、好臭",一边热闹度过的日子,现在想起来真令人怀念。当然了,他和职场上的同事们也关系良好。有一天,家里收到了一个网购的大包裹,里面装着一套户外烧烤用具套装。他很兴奋地说,是要和年轻的同事们一起去户外烧烤。大概是因为我儿子不太擅长运动,他休息日往往是在家中度过的。现在,居然能听到他表情生动地讲述野山上的见闻。可是没想到,他竟然会在户外烧烤广场,遭遇那种事……

自从我感到儿子已经羽翼丰满,独立飞行了,我就开始期盼能有个孙子。我很希望能找到个可爱的儿媳妇,也托付自己的熟人,帮我儿子安排了几场相亲,但无论哪一场都不太顺利。他不善于言辞也不太主动,似乎让这些事不太容易有所进展。只要和友彦这种温柔的男人结了婚,一定就能领悟到他的好。但是现今的女性似乎更重视当下的享乐,她们大概觉得那些巧言令色的男人更为讨喜吧。但我倒是也没有那么着急。现在也已经是晚婚化的时代了,况且对于友彦这样的孩子来说,多一些时间的积淀,他那些优点应当会显得更加耀眼。

所以当友彦对我说,最近想带一个女性来家里的时候,我还

---

① 鲋寿司,一种起源于日本滋贺县的发酵食品,有着独特且浓烈的气味。
② 臭鱼干,顾名思义,一种起源于日本伊豆诸岛的发酵食品。

以为这是在做梦,几乎怀疑起了自己的耳朵。我问他,对方是个什么样的人,他回答我说是个很温柔的人。被友彦这样一个温柔的孩子评价说是个温柔的人。我抑制不住自己的喜悦,觉得他一定是和一位真正的好人有了命中注定的相遇。他给我看了手机里的照片,我觉得那是一位可爱的姑娘。

但那个女人,樋口明日实……是一个像恶魔一样的女人。

*

我成了杀人案的嫌疑人。面对这样的我,母亲在法庭上一边流着泪一边作证道:"她为什么会变成能做出这种可怕事情的孩子啊?我也从没强烈地期望她能在学习或是运动方面名列前茅,只希望能养育出一个有同情心的、温柔的孩子。我所期望的明明只有这些而已……"

她的证词并没有错。对此我最初的记忆是在幼儿园的时候。

我小时候是住在团地①里面的。每天早上,我都必须和同一个团地的孩子们一起去上学。附近的公立幼儿园分为年幼和年长两个学级,我们同一个团地里面有大约十个学童。监护人是值日制的,每次由两个大人陪同。两个大人在队伍的头尾两端,孩子们在当中排成两列行进。不知道是为了防止孩子跑到机动车道上去,还是没什么理由只是单纯这么规定了,总之孩子们必须牵着旁边那位孩子的手。从团地到幼儿园大约有八百米远,按照小孩

---

① 团地,和制汉语词,指密集廉价住宅区。比较接近中文语境中的"小区"或"社区",但二者定义略有不同。故而译者在此保留原词。

子的步伐，要走十五到二十分钟。但当时，我总觉得走了一个多小时。

第一次去幼儿园那天，年长班的一位母亲说，要规定一下队伍的顺序。于是她让年长班和年少班的孩子们按照自己身高的顺序排成了队伍。我和平时关系很好的夏树，两个人个子都很矮，所以顺理成章地牵起了手。但是身后的队伍里却像是着了火似的响起阵阵哭声。唯香和我一样是年少班的，她不想和年长班的幸直牵手，于是哭了起来。她哭着说："我想和小夏一起嘛！"于是在稍远一些的地方观望着的母亲，就走了一步，靠近了过来：

"明日实，请你和她换一下。"

不是"能不能换一下"，而是"请你换一下"。这是母亲一定会说的台词，请你这么做、请你那样说，无论语气再怎么温柔，这都无疑是一种命令。但当时的我，觉得大人们大概都是这样说话的吧。

"这样……真得可以吗？"

唯香的妈妈很抱歉似的对母亲这样说道。对此，母亲的表情得意洋洋，回答道：

"没事，我一直都教育明日实，要她做一个对谁都温柔的孩子。"

说这样的话也许会得罪幸直的父母，但这样一来，他应该就会在集合前先擦擦鼻涕了。幸直很胖，鼻子下面要么就是一直挂着鼻涕，要么就是挂着白色的、亮闪闪的、干结的鼻屎。

我刚想说："我也想和小夏一起。"唯香就插进了我和小夏之间，紧紧牵着小夏的手不放开，我也只好去了队列的后面。唯香连句感谢的话都没和我说。我悄悄看了一眼母亲，她很满意似的点了点头。我想着这样也好吧，然后将手伸向幸直。"切，女人吗？"他像是捏住什么脏东西似的牵起了我的手。

"只能忍忍了。"

幸直一边用所有人都能听见的声音这样说道，一边攥过了我的手。他的手热腾腾、湿漉漉的。

即使如此，我也没觉得难受想哭。毕竟我们又不是要这样度过一整天，毕竟我们又不是要两个人一起做作业。虽然他的鼻涕很恶心，但也没沾在手上。托他的福，从幼儿园放学回家时，母亲为了奖励我，给我买了我最爱吃的泡芙。只要换一下牵手的对象，就能获得这样的奖赏，那还真是小事一桩。

此后，幸直每天都像理所当然似的牵着我的手去幼儿园。我们要走很长一段距离，所以也很自然地会聊点什么。他问我说："你喜欢哪个宝可梦？"我说皮卡丘。结果他开始擅自给我起外号叫"明日丘"。虽然这令我有点不满，但也不是什么难听的话，我也就没阻止他。我也没反过来问他说："幸直喜欢哪个宝可梦呢？"我记得幸直当时好像和我说，希望我能称呼他为什么什么来着。但我也没什么叫他名字的机会，事到如今也不记得他要我叫他什么了。他也没有因为我未曾这么称呼他而抱怨过。

有一天下雨了，因为要打伞，所以我们没有牵手，而是排成一列去上学。我早上起来就觉得，下雨可真是令人开心，但当时没察觉到这是因为不必和幸直牵手的缘故。天气逐渐变得炎热，幸直的手从湿漉漉变成了汗涔涔的状态,但我还没来得及觉得讨厌,暑假就来临了。天气逐渐转冷,幸直的鼻涕也变多了。我觉得这实在是太脏了,于是对他说:"擦擦鼻涕吗?"然后抵触地打开自己还没开封的宝可梦面巾纸。幸直一脸不情愿地接过面巾纸,拿出一张来擦了擦鼻子下面,粗鲁地说了句:"这样行了吧?"然后若无其事地将用过的纸团和剩下的面巾纸一起塞进了口袋。我沉默地点点头,后悔自己不该把一整包都递给他,递给他一张就好了。但我回家以后,母亲发现我罩衫的口袋里没有那包新买的面巾纸,就问起了这件事。我告诉她,我把面巾纸给了幸直,她再次夸奖了我。

只要做了温柔的事,就会被母亲夸奖。我虽然觉得很高兴,但也没到会想要从今往后对幸直更亲切的地步。

再之后,天气寒冷了起来,我得戴着手套去上学。这样一来,我也就不用再因为幸直的手汗而发愁了。虽然他鼻子下面还是三天一次地挂着鼻涕,但更多时候还是上学前就擦干净了。幸直红彤彤烂糟糟的鼻子下面,看起来被寒风吹得生疼,比起嫌脏,我更觉得他可怜。我没再问过他:"要不要擦擦鼻涕?"

很快一年过去,到了二月末,我得了感冒。即使是幼儿园里流感和肠炎四处蔓延的时候,我也一次都没中过招。正因为我一直都过着这样与疾病无缘的生活,所以即使是如今长大成人以后,只要稍微有点发烧,脑子变得昏沉,情绪就会变得十分低落。那天早上,我的体温是三十六度八,但为了拿到全勤奖,我还是去上学了。当天不是母亲负责送孩子们上学,但她还是跟着我一起去了。我以为母亲肯定会牵着我的手去幼儿园，但她说了一句："我就在后面跟着哦。"然后便让我像往常一样进入队列。

"我不要……"

我对着母亲离去的背影这样说道："不牵着妈妈的手，我……我就不走。"我一边说着，一边啪嗒啪嗒地掉眼泪。

"明日丘？"

幸直一边犹豫不决地看着我的脸，一边担心似的牵起了我的手。那天是很冷的，但我们都没有戴手套。当我微热的手与幸直微热的手触碰在一起时，我感到特别恶心，一下子就甩开了他的手。

"我不要！"

这次我是对着幸直说的。我眼看着幸直的脸变得通红。在我正觉得有些恐怖的瞬间，他双手将我推倒在地。我一屁股坐在地上，号啕大哭，这时母亲走了过来。她将我从地上扶起来，温柔地掸掉我裤子上的土。仅是这样就已经让我很开心了，但我彼时受了双重的打击，正期望着母亲温柔的话语。"没事吧？疼不疼？"这种程度的就足够了。

"对不起啊，幸直。明日实今天感冒了，有点耍小脾气。"

她向幸直道歉了。幸直的母亲只在自己负责送孩子们上学的时候才会来。因此母亲也许觉得，这种时候必须直接向幸直本人道歉才行吧。但她向推倒我的人道歉，这我无法理解。现在想来，她是在因为我拒绝了幸直而道歉吧，不，我觉得她是因为这件事被周围的大人们看在眼里，必须想办法补救，才这么做的。但五岁小孩身体不舒服的时候，虽然是会口无遮拦地说出些什么，可这种程度也是不能允许的吗？幸直吸着鼻涕，抽泣了起来。

"明日实，你也快向人家道歉。"

母亲半强制性地压着我的头，我用抽抽搭搭的语气说道："对不起。"幸直一边用袖子去擦脸上的泪水和鼻涕，一边偷偷瞥向我这边。母亲的视线没在幸直的脸上停留半刻，她一面对周围的大人讪笑着，一面对我说"果然今天还是休息吧"，然后就牵着我的手回家。母亲并没有怎么对我发火，但当她对我说"快换上睡衣去睡觉吧"的时候，语气中明显带着不满。我也反省，这一定是因为我不够温柔。不，我已经很温柔了吧。我特别难过，躲在被窝里，不停地哭泣着。

第二天，我很担心幸直是不是还在生气，所以忐忑不安地去了集合地点。可那里没有幸直的身影。快到出发时间的时候，幸直的母亲才出现。她说："幸直说不想和大家一起去上学，我骑自行车送他吧。"然后这个大妈一边厌恶地低声嘟囔道："再过一会儿……"一边转身离开。母亲对着她的背影，一边说着"对不起"，一边低头致歉。

因为年长班少了一个孩子，所以我得以和唯香牵起了手，而小夏则变成了一个人走。当我们戴着手套的手牵在一起时，唯香就向我提起"你感冒好了吗？"或是"昨天你看没看魔法少女？"之类的话题。"看了看了。"我一边和她聊着天，一边想着，要是一开始就和唯香牵手就好了……幸直乘坐的自行车超过了我们的队列。幸直像是想要藏起自己的脸庞一样，把头埋在母亲的背上，唯香目送着那个背影，对我说道：

"都是因为明日实对他态度太差了呢。"

恐怕，无论是母亲还是当时在场的其他人，都是这样看待这件事的吧。自那以后，幸直直到毕业，都没有再和小朋友们一起去过幼儿园。

证言2 教师

我带过奥山友彦的三年级和六年级。我对他最初的印象，就是一个很老实的孩子。他好像一次都没有在课堂上主动举手回答过问题吧，因为老师总是将问题分给那些积极举手的孩子，到最后从结果上来讲，整个课堂就变成了只有那五六个学生才学到了东西的窘境。所以，当遇到了什么简单的问题时，我就会让那些没举手的孩子来回答，好让他们都多留心听听课。友彦的情况是这样的，叫他起来回答问题时，他会好好站起来，但大部分时候都赤红着脸，忙着擦掉自己额头渗出的汗水。他明明知道答案，可是一被周围的人关注，脑袋里面立刻就变得一片空白。他是给我这样一种印象的。但他即使是前言不搭后语的，也是能说出正确答案的。他的问题大概是社交恐惧症吧。

他不太擅长运动，但似乎也并不讨厌运动。运动会的舞蹈他也跳得很开心。但他很不擅长躲避球。他似乎是很抗拒用球去砸人。在内野的时候，他只顾着逃走，而到了外野，又只给队友传球。那时候用的球不是那种坚硬的球，而是很柔软的球，所以我出声提醒他："这球砸到人也不会疼，所以别担心，砸向敌人怎么样？"他听完，露出了一副实在很困惑的表情。真是个温柔的孩子。

不过，学习相关的事情，我从不担心他。比起学习，我比较担心另一点——他在休息时间从来都是独来独往的。午休的时候，虽然我也曾策划全班一起玩或者班集体活动之类的事情，以此避免有人被孤立，但还是没办法决定每个课间要做的事情。要是提出什么，班上的同学一起去上厕所吧！那也很怪异，不是吗？当然了，也有别的孩子是独来独往的。但都是独来独往，情况却是完全不同的。有人醉心于读书，快快乐乐地远离那些聊天的孩子们。有人则是羡慕地望着那些聊天的孩子。友彦就是后者。他绝不是被人孤立于团体之外了。我们学校非常重视道德教育，所以虽然也有学生因为家庭内部的原因而不来上学，但因为校园霸凌等等校内问题而拒绝上学的孩子，应该连一个都没有。友彦只是无法将"带我一个"说出口罢了。也许他曾经鼓起勇气说出来过一次。但他忍着羞耻说出来的话，却没能传达到那些大声聊天的孩子们之中，这让他以为自己被无视了。他也许就因此而受伤，从此不再能够主动接近其他孩子了。我个人是这么想的，推测对于教师来说是很重要的。近几年似乎出现了很多缺乏想象力的年轻老师，没办法在事情发生之前就察觉到迹象。

我没有鼓励过友彦要努力和别人搭话。即使这件事对普通的孩子来说是很简单的，但如果自己一直在旁边催他行动起来，那对于情感纤细的孩子来说，也会像刀子一样刺伤他的。我从加入了小团体的孩子们当中选出了一位，让对方来将友彦拉进来。不能选那种会误会成自己被选中了的孩子。领导型人格的孩子本身就带有压迫感，从中选择合适的孩子也很难。必须找一个可靠并且温柔的孩子才可以。然后，我找到了一位绝佳的人选。友彦成功加入孩子们的小团体后，脸上洋溢着开心的笑容。友彦六年级时，我再一次负责带他，那时候再也没什么值得我担心的事了，他在上课的时候也有好几次主动举手回答问题。

　　那孩子已经没问题了。我就这样将他送出了学堂……自己的学生比自己先死，对教师来说，再没什么比这更难过的事了。而且他为什么会被杀呢？到底有什么理由会让那样一个温柔的孩子被杀呢？不是说凶手是和友彦交往中的女性吗？要是我当时能帮友彦介绍一个女朋友的话就好了……

　　这种事就算现在后悔，也没办法了呢。

*

　　那是小学四年级时的事了吧？根据花名册的编号坐到我身后位置的那个男生，叫做修造。他大概是身子骨比较弱吧，每两周都会呕吐一次。每次都是在午餐后，第五节课刚开始的时候。现在想来，搞不好和他个人好恶没什么关系，而是有什么食材是他的身体无法接受的吧。如今食物过敏这件事已经成为了常识，但当时完全没人想到那里去，也许他家长和本人也都没有察觉到这一点吧。在教室里，最主要的问题并不是他为什么会呕吐，而是呕吐之后要怎么清理干净。

　　第一次发生这种事的时候，我完全没理解状况。上着上着课，突然就听到咕咕咕的声音,我还以为是青蛙在叫。但伴随着他喉咙中发出咕噜噜的声响,一股酸味飘然而至。邻座的女孩惨叫一声,站了起来。但另一边邻座的男孩,大概因为他和修造以前就是同班同学,所以皱起眉头,嘟囔了一句:"又来了。"

"谁去把抹布拿过来?"

老师说完,三个女生就站起来去了走廊,带着抹布和水桶走到了修造的座位边。我想老师是知道修造的身体状况的,所以他走到修造身边时,已经戴上了橡胶手套。可按他吩咐拿着毛巾清理地板的孩子们,却都是光着手在清理的。

"明日实,你也来打扫。"

我正傻坐着,忽然被老师叫到,便慌忙地抄起抹布,和其他孩子一样开始清理被呕吐物弄脏的地板。虽然老师没让邻座那位哭泣的女生帮忙打扫,也没让另一边邻座那位把桌子挪远的男生帮忙打扫,但我也并不觉得他们狡猾。与之相比,那些从远处的座位上赶过来帮忙的孩子倒是很触动我,这些孩子很了不起。这些孩子都是第一学期的年级干部候选人。率先赶过来帮忙的是班长千沙。说到班上聪明的孩子,那就是千沙了。说到班上靠谱的孩子,那还是千沙。

放学前的班会上,老师让参与清理呕吐物的孩子们站了起来(当然也包括我),然后在大家面前表扬了我们:

"修造同学回来的时候,很多同学一脸厌恶地说着什么好臭、好脏。但呕吐不是他能控制的。诸位同学也有过这种时候吧?也许是在去远足的大巴车上晕车恶心,或者是身体不舒服的时候忍不住呕吐。同学们好好想一想，如果你遇到那种事的时候，别人对你采取同样的态度，你会怎么想呢？老师认为，这几位可以立刻行动起来的同学，是能够对他人的境遇感同身受的，温柔的人。老师希望这份为他人着想的心，可以在这个班级当中扩散开来。"

听完老师的话，大家都开始热烈地鼓掌。但这不过是一场"呕吐物清理组"的认定仪式罢了。在此之后，谁也不想接手这个烂摊子。岂止如此，在第一次轮换座位的抓阄活动上，抽到了修造邻座的女生哭丧着脸，和老师说自己实力太差，想要坐到第一排去。她又不是抽到了最后一排，而是从前面数第三排。这几乎就是明摆着说，自己不想要和修造做邻居。我在第一排靠走廊的位子，而且还是第一排的孩子中最矮的。即便如此，老师的视线从第一排靠走廊的位置一路巡视到靠阳台的位置，最后还是看回了靠走廊的位置，然后对我说："明日实，你去和她换一下。"第一排别的孩子们倒也没戴着眼镜，选我仅仅是因为呕吐物清理组的其他成员不在第一排。

"好的。"

我立刻开始搬家。千沙走过来帮我一起搬东西，然后瞥了一眼和我换座位的女生，对我说："她可真过分。"但我只回给她一个暧昧的笑。那孩子讨厌修造。我倒也并不是喜欢修造，只是还没讨厌到需要在全班面前和老师诉苦的地步。而且，如果我邻座是个很帅气的孩子，我恐怕还会觉得有些遗憾，但很幸运，我邻座是个无所谓的人。这间教室里倒是也根本没有那种我特别想要让他成为邻座的孩子就是了，因为他们主要都是一群对千沙展开攻势的窝囊废。

这反而是件好事也未可知。被认定为呕吐物清理组以后，无论座位相隔多远，在修造呕吐的时候我都必须离席赶到现场。比任何人都要迅速地采取行动，我不喜欢做这种事，要是因此被人推举为班长候选人就麻烦了，因此被人暗地里说成是爱出风头的人，这也很烦。但如果修造就坐在我旁边的话，就应该不会有人这么想了。那天放学后，老师将我叫住，对我说："修造同学就拜托你了。"

清理呕吐物这种事，习惯了也就没什么了。老师在清洁用品柜里面准备了儿童用的橡胶手套，清理完呕吐物后也不需要用洗手池那里的绿色酒精肥皂，而可以用老师从家里带来的山莓味香皂，除菌喷雾也不仅仅是喷手，还可以喷遍全身。虽然应该是有很多孩子觉得很脏，但千沙是不会允许他们把这话说出口的。

但是，修造一次都没有感谢过我。我擅自给自己解释说，一定是因为每次他呕吐完了就立刻去了医务室，然后就回家了，第二天再感谢什么的比较羞耻。修造这个人很害羞，不太爱讲话，是个老实巴交的孩子，也许这是呕吐病的缘故，也许没有呕吐这档子事他也是这种性格，我不知道。总之他从没有在课上回答过问题，课间休息时也总是眺望着教室后面养着泥鳅的鱼缸。他的笑容，我只见过一次。在手工课上，我们要用橡皮泥制作出自己喜欢的动物。我捏了一只猫，停下手中的活儿看着周围的同学，却发现修造不知怎么就捏了一条泥鳅。我心下有点震惊，他原来这么喜欢这动物啊。为了掩饰我的惊讶，我急忙和他说：

"泥鳅很可爱呢。"

修造露出满面笑容，点了点头。

我没和母亲提起过呕吐物清理组的事情。因为我和母亲聊天，大都是在吃饭时间，要是吃饭时聊起呕吐物的话题，恐怕她会生气吧。但是母亲从第一学期后的家长会上归来时，却显得很开心，以至于她不仅给我买了泡芙，还给我买了草莓蛋糕。她说是从老师那里听来了呕吐物清理组的事情。

"妈妈可要好好夸夸你了。第二学期也要对修造同学这样温柔哦。"

听她这样说完，我是怎么想的来着？"啊啊下学期也必须这样才行吗？"我没办法将它当成一种殊荣来看待，但应该也没到厌恶的程度。

第二学期第一天，老师将自己制作的座位表分发给了大家：

"上学期的时候，老师还是不是很了解各位同学，才用抽签的方式决定了座位。但从第二学期开始，老师为同学们决定了最适合的座位。"

我同桌依然是修造。准确来说，是修造的座位被呕吐物清理组团团围住了。"作业做好了吗？""午休时间大家都会出去玩，修造也多出去玩玩吧？"我只要一边看着其他孩子照顾修造，一边两周一次地清理呕吐物就可以了，这算是件很简单的差事。没人推举我做班级值日生，也没人推举我做班长，最后我和修造一起去做了没人肯举手竞选的工作，也就是饲养班里的泥鳅。这也是件很简单的差事，只要和修造交替着给泥鳅喂食、给鱼缸换水，仅此而已。有很多孩子觉得徒手触摸泥鳅很恶心，但我对此没什么恶感。以至于我有些怀疑，他们触碰泥鳅的感觉，和我触碰泥鳅的感觉，是不是其实是两种感觉呢？

第二学期也过了一个月，到了十月的某天，出事儿了。第二节体育课下课以后，大家回到教室，千沙突然大喊一声："什么啊这是！"在她的桌子上，有人用黄色的粉笔写下了"去死！"两个字。桌子上遭到涂鸦的是我们呕吐物清理组的成员。另外两人的桌子上写着"笨蛋"和"丑八怪"。而我的桌子上写着……"喜欢"。"太过分了，是谁干的？"全班陷入骚动，老师也赶了过来，将第三节课从正常教学改成了班会。

犯人很快就被锁定了，是修造。修造因为身体不好，体育课在旁听。下课后，他比所有人都早一步回到教室，在无人的教室里开始涂鸦。这件事，隔壁班的很多孩子都看到了。老师让修造站起来，严厉地责问他为什么要这么做，但修造只是沉默地低着头。老师继续说道：

"修造同学是个温柔的孩子，可你为什么要写去死啊笨蛋啊丑八怪啊这些恶毒的话呢？你写'喜欢'，可就算修造同学喜欢明日实同学……假如说明日实同学也喜欢修造同学，用你这种方式去告白的话，她应该也不会觉得开心吧？"

教室内的视线全部都聚集到了我身上。一多半的孩子都在那里坏笑。为什么我非要被人用这种眼神盯着看啊？我感觉就连老师，也带着微笑看向我。

"对吧，明日实同学。"

"我……我并不喜欢修造！"

我喊叫似的说完，就趴在了桌子上。紧接着，修造站在原地，开始呕吐了起来，但我根本就不打算抬头。另外三位呕吐物清理组的同学也一样，刚出了这种事，谁也没有打扫的心情。于是放着满地的呕吐物不管，老师将修造带出了教室，向医务室走去。我慢慢抬起头，和千沙对上了眼神，心想她一定会说点什么安慰我的……

"明日实，你说话的方式太伤人了。修造太可怜了。我们几个桌子分别写了更恶毒的话，还不是忍下来了？"

另外俩人也用责备的眼神看着我。我倒是宁可他说我去死、笨蛋或是丑八怪。但我实在没力气反驳什么了。从第二天开始，修造就不来学校了。

证言 3 友人

我和友彦的小学、初中和高中都是同一所学校。乡下的公立学校，成员大抵上是不会有什么变动的，但我和友彦变成好友，已经是进入高中以后的事了，契机是我们一起加入了电脑社。我和友彦都不擅长运动。你看，我看起来也不像是擅长运动的样子，当然，肯定也不是受异性喜欢的那一类人。即使如此，我还是觉得自己的高中时代比初中时代开心多了。因为我们上的那所初中，除非有医生的诊断证明，否则每个人都必须加入运动社团。你想想看，那可意味着每天都要强制性地去做自己不擅长的事情啊。我看着乒乓球不是很考验运动神经的样子就选择了乒乓球社，以后才发现乒乓球很考验反射神经。果然，还是那些在体育课上到处活跃的家伙们比较厉害。友彦是柔道社的。不过那东西，胖子大抵上也不可能很强。但是上了高中以后，终于就可以去做自己喜欢的事了。虽然周围的同学都觉得，我们肯定净顾着用电脑看小黄片了，但其实我和友彦还算是相当认真地在做事哦。证据就是，我现在就在做游戏制作相关的工作。

哎呀，开心与否和受不受欢迎，本来也是两码子事啦。不过，因为我们高中单身的比例很高，我也没觉得特别不幸。我和友彦一起加入了桃濑桃的粉丝俱乐部，聊起这位心之恋人的话题，气氛也相当热络。啊，但是，虽然挺奇怪的，但友彦也喜欢过别人，名字叫……

叶山美智佳。你懂吧，就是那种人。那种对男人卖骚的女人。明明只谄媚于那些被自己盯上的男人就好了，却还希望别人说自己是个温柔的女人，误把自己当成什么全民偶像，对随便哪个男人都过分亲热的家伙。课间休息时，这女人拿出一袋包装得很可爱的糖。我只是座位恰好离得比较近，这女人就凑过来，带着笑容说："需要补充糖分吗？"然后在我桌子上放下一颗樱桃味还是什么味的糖。我是很清楚，自己只是那群男人中的一个罢了，但友彦似乎并不这么想。他似乎期待着，对方是不是多多少少对自己怀有一些好感。但是他会对此产生误会，也绝不是怪事，毕竟也不是一两块糖果那么简单。

是叫作"毛藏"来着？她说自己养的狗和友彦长得很像，还拿手机给他看照片。这样一来，无论那条狗长得多么髭毛乍鬼，友彦都会觉得自己得到了特殊的待遇。所以友彦就查出了美智佳的生日，还为她准备了礼物。并不是戒指或是耳坠这种礼物。友彦选了一个虎头犬的毛绒钥匙链，和毛藏是同一个犬种的。放学后，我陪他一起在鞋柜那里等着。美智佳和朋友一起出现以后，她拿着那个钥匙链说："呀！好可爱啊！"当场就把它挂在了包上。友彦可开心了。然后过了几天，那时候其实友彦去和她告白也不奇怪吧？但没有，他还没做到告白那个程度。他为了这天，买了一个封面是小狗插画的笔记本，把自家的电子邮箱地址写在了上面。然后他把这个笔记本给了美智佳。

"好恶心。"美智佳哭了出来。她还说，友彦查出她生日这件事也很恶心，要是当时没收下礼物就好了。从那以后，友彦就不再信任女人了。

所以，当我收到友彦的电子邮件，说想和一个女人结婚时，我光顾着为他高兴，却没注意到那件事，想来真是难为情。那个女人是不是美智佳那个类型的呢？我为什么没有确认一下这件事呢？樋口明日实的确在脚踏两条船吧？但是，其他的牺牲者其实还有不少吧？也许她就是装出一副温柔的面目，图谋着钱财之类的东西，才接近了友彦。

我听流言说，叶山美智佳和一个医生订了婚，却被人发现自己在夜总会打工，婚事也因此而告吹了。那还真是苍天有眼。那种女人就应当遇到这种事，但为什么，被人杀害的却是友彦呢……

我一辈子都忘不了那家伙的笑容。

*

当我决定去东京上大学，一周后就要搬离这里的那天，唯香到我家来玩了。唯香考上了神户的大学，我们这次见面稍微有点像是相互之间的送别会。于是，我们一边怀念地看着中学的相册，一边聊着天：

"你看，这真像是一对儿啊。"

那一页是运动会。唯香指着的，是我和同班男生肩并肩二人三足的照片。那张照片是裁剪成方形印在上面的。要是裁剪成圆形或是心形的话，也许还能认为是实行委员半开玩笑搞成这样的，但方形的话应该仅仅是为了展示这个项目而挑了张照片放到这里而已，我也完全没留意。母亲对我男女关系的事情一直很唠叨，但连她也只是说了一句："这里也有你啊。"说到底，我会和这个男生组队，本身就是唯香的错。当时先是男女分开决定参加的项目，然后再按照身高来决定搭档。而就是唯香，将我拉到走廊里，双手合十求我和她换一下位置的。那男生倒不是什么被班上同学讨厌的男生，而且他也不是喜欢唯香之类的。理由仅仅是因为，唯香不喜欢他那张脸而已。我对那孩子的脸倒是没什么特别的好恶，于是就顺口答应了。但当时的记忆大概是从唯香的脑海中不翼而飞了，她只是打开了许久没看过的相册，然后遵循着内心的感受说了那句话而已。但是，毕业典礼之后那孩子决定开诚布公，他对我说："希望你能和我交往。"这也不是什么值得讲述的故事。我当时问他："啊？为什么？"他说："还是算了吧。"这故事就到此结束了。

我和唯香关系很好,因此同年级的女生们问了我无数次同一个问题:

"和唯香一起玩,不会觉得讨厌吗?"

她们大概是对比了唯香高贵美丽的脸和我土气的脸吧。她们大概是对比了一下,唯香的男友换了又换,总是学校里颇有人气的男孩,而我连桃色绯闻都没有过吧。我从没踏入过她们的陷阱,总是回答:

"完全不会啊。"

我也不是喜欢唯香的每一点,有些时候她也确实让我生气,也有些时候我确实羡慕她。我们是从上小学开始就住在同一个团地的好友了。不仅如此,我喜欢制作点心,经常带一些自己做的曲奇或是玛德琳蛋糕去学校。午餐吃便当的时候,我就分给周围的孩子,大家都说好吃。但唯香说"好吃"的时候,表情是最为享受的。我也因此很喜欢唯香。上高中以后,有大概五个人和我告白过。有些人是当面告白,有些人是打电话告白,但无论手段怎么千奇百怪,我的反应永远只有一个:

"啊?为什么?"

我对他们,没什么想得起来的事情。虽然说我们确实有段时间在同一个班级,坐得还很近,可我并不记得曾经和他们有过什么亲密的对话,这样的人究竟为什么想和我交往呢?说什么喜欢我的脸或是喜欢我的气质,这些都不能说服我。所以到最后,我就都拒绝掉了。他们说一句"请当做没发生过吧"或是"忘了吧",事情就算是结束了。只有一个人,还锲而不舍地追问:"你对我不是也有兴趣吗?"但我并不记得有这种事,于是就回答他:"完全没有。"他咋了下舌,就走了。

"明日实从以前开始就很受那些土气男孩的欢迎呢。"

唯香合上毕业相册,这样说道。这些事我都是保密的,但她还是察觉到了吧。

"没有没有。"

我挥着双手否定道。但唯香像是看穿了一切似的断定道:

"这是因为明日实很温柔。"

我好久没听到这个词了。但我已经没办法像从前那样,单纯因为这个词而感到开心了。就好像在吃着软绵绵的泡芙时,里面掺杂了砂砾,只会让我的不快更为强烈。

高中时代的同级生德山淳哉对我说,希望我能和他交往。这是我们都到东京以后发生的事情。我手机上显示一个不在通讯录里的号码来电,接起来以后,对方说他是德山,我想了五秒钟都没想起来是谁。虽然我和他从来都不是同班同学,但放学后在图书馆里复习考试的时候,倒是经常能打个照面。只有这种程度的交情而已,被他告白,我也只能问一句:"啊?为什么?"

"因为曲奇很好吃。"

淳哉这样说道。这么一说我想起来了,在学习的间隙,我突然特别想烤曲奇,于是就烤好了,第二天带去图书馆,分给了那些一直和我在那里学习的人们。就因为这个?我觉得有点扫兴,但没说出口。向我告白的是淳哉，这件事不知为什么让我特别高兴，甚至觉得不再需要其他任何理由了。淳哉并不是特别受欢迎的类型，但当我意识到的时候，就觉得无论是他的脸还是他的气质，都特别让我喜欢。搞得我胸口小鹿乱撞。

"可算是让我进来了。"

淳哉这么对我说的时候，是我们交往一个月之后的事。我说你也别讲得那么露骨嘛，说着捏了下他的鼻子，他赶紧订正说自己并不是那个意思，然后在说话前还放了一句："你可别生气哦。"

"我想，明日实大概对人类这种东西缺乏兴趣。因为你从来都不打算和谁建构出深入的关系，所以反而可以对任何人都很亲切。接近你的人你欣然接受，送给你东西你也欣然接受。但是包括我在内，我们并不会这样看待对方的行为。我们会以为这是对自己怀有好感的表现。我们会因此想要更进一步陷入你的世界。但是，我知道那里有一堵透明的围墙。当有人触碰到那堵围墙的时候，明日实才终于能意识到，有人想要入侵你的内部世界。那时是选择排除掉对方还是接受对方，就是你的选择了。"

我沉默地听完他的话，忽然觉得自己的身体上仿佛覆盖着一层坚硬的、玻璃似的东西。我感觉自己终于理解了在我心中像绳结般残留的那些事。无论是幼儿园时和幸直的事，还是小学时和修造的事。我并非是对他们温柔，我只是对他们没有兴趣而已。我只是做出判断，限定于那个情境中可以与他们做出交际罢了。但是，只要他们向前踏出仅仅一步，我就无法忍受，将他们隔绝出去了。那些看似温柔的行为，实际上成为了拒绝他们时的助跑，使得我伤害了那些从来都没有对我做错什么事的人。

我这不是最垃圾的人渣吗？而且还是被第一次喜欢上的人点破了这一点，还有什么比这更不幸的吗？我难过得眼泪夺眶而出。我像是想要把自己藏起来似的，把脸埋进枕头里。睡前说这种话是干什么？我有点想要生气。所以他才在一开始就要我听完后不要生气的吗？他察觉到我的本性之后，如果因此而讨厌我了，大可不必专门指出来，找个更合理的借口来把我甩掉不就好了吗？

"讨厌……"

我的声音沁入了枕头当中。讨厌……讨厌……讨厌……不是这样的。

"请不要讨厌我！"

我从枕头中抬起头，看着淳哉的眼睛这样说道。说完的一瞬间，我听到了他进入我坚硬玻璃外壳的声音。我放声大哭，玻璃外壳的裂缝在逐渐扩散，最后在淳哉的手中化为了碎屑。

恋爱纪念日的时候，淳哉坦言说，那个时候他也觉得很为难。他怀着一种解开了难解之谜的心情，得意地给我讲解了起来，然后误以为被我讨厌了。他想着，啊，这下全完蛋了，自己也跟着想哭了起来。他很清楚，拿到曲奇的不仅仅是自己而已。他也能理解，这曲奇当中并没有隐含什么特殊的意义。曲奇只是一个因由罢了。他因此开始观察我，觉得我是个内心没有墙壁的温柔女孩，于是喜欢上了我。但是，他同时怀有疑问：她真的是这样的吗？然后考试结束，我们考到了同一个城市，于是他以此为契机，下定决心向我告白了。

他和我坦白说：这是为了确定，我和他是不是同一种人。然后他通过我，确认了自己那无法与他人好好相处的人格本质。

"重点是，我们两个人，都觉得和人相处这件事超级麻烦。人生这么宝贵，有一人相伴就足够了。"

听了他这番话，我反而觉得，自己说不定从今往后终于可以对所有人都温柔了。作为第一步，我有生以来第一次喜欢上了自己。

证言 4 同事

奥山友彦比我早两年进公司，是我的前辈。樋口明日实是我的同辈。株式会社猫眼是一家销售防盗用品的公司。员工一共有五十五人。我们公司是奉行舒服办公政策的。周末单身的员工们一起出去玩这种事，我听说在我和樋口入职之前，就是常有的。在我入职半年后，两位比我年长的社员组织大家去室外烧烤，那是在九月下旬休息日的半天。男员工当中有人我还蛮喜欢的，所以就叫上同期的伙伴们，说一定要来参加。樋口也是要去的。樋口不会主动邀请别人，但我一邀请她，她很轻松地就答应了。

奥山是一位很温柔的前辈。奥山加班的时间是最多的，偶尔能早点回家时，也会给我们这些女性职员带来点慰劳用的点心。他似乎很喜欢甜食，每次看到网上评价很好的点心都会马上订货，带回公司来分给大家。

参加户外烧烤的人一共有六名，三男三女。樋口之外的女生们，各自都有喜欢的目标，不知为什么，无论是在车里，还是到了"自然之森公园"之后，樋口一直都在奥山身边形影不离。户外烧烤套装是奥山带来的，樋口就在边上手脚麻利地帮忙。奥山的手在布置炉灶的时候受了伤，樋口就拿出创可贴来给他包扎。那个气氛实在是太自然了，让人忍不住想说一句："奥山和樋口似乎很配。"在那种情况下，这话实在算不上乱起哄。那个时候我还不知道，樋口是有男朋友的。樋口自己对俩人的关系也不置可否，被问起来时只是笑笑而已。但我觉得，奥山从那天以后，就开始喜欢樋口了。

奥山是个老实人，并不是那种善于主动进攻的类型。但他会约樋口去公司附近的拉面店或是甜品店，樋口也会欣然赴约。把这种事解释为她在和奥山恋爱，也完全不奇怪。但要说樋口和他是肉体关系，可俩人连手都不牵。据说她也明确告诉了奥山，自己是有男朋友的。但俩人具体是什么关系，恐怕只有当事人才知道了。但说到底，奥山不是和自己的亲友说樋口是自己的未婚妻吗？就算已经不是昭和时代了，但要是没发生点什么，他也没办法这么说吧？奥山撒谎这种事，我可是一次都没听过。不如说他甚至是开不起玩笑的那种认真的人。你跟他说："上次那个巧克力，好吃到流鼻血啊。"他会很紧张地问你有没有事，是那种发自内心的担心。

樋口说自己的杀人动机，是因为奥山威胁她，如果不和自己结婚，她的男友就会有危险。事实上，她男友的公司也确实收到了令人不快的电子邮件。但就算这样，奥山最后也不过是搞了个有些过分的恶作剧，我觉得这罪不至死吧？况且，即使在酒会上，大家都喝到胡说八道的时候，奥山也从没说过任何人的坏话，只是微笑着倾听。这种人真的会写那么恶毒的诽谤中伤邮件吗？

说到底，樋口要是讨厌他到想杀了他的地步，一开始就拒绝他不好吗？哪怕摆出一副困扰的表情不好吗？

我觉得奥山真的太可怜了。樋口要是没入职这个公司的话，现在我们应该还在开心地烧烤才对。

*

要是能看穿那些使人生走向失败的陷阱，恐怕就不会失败了。而我最大的失败在于……我杀了人。但是对于奥山友彦，我绝不是因为对他没有兴趣，而让他接近我的。我对他怀有明确的同情，所以温柔地对待了他。

给女员工们买了慰劳的点心，却在背地里被骂恶心。大家都拿他当傻子，说他一定以为这样就会有所回报。即使如此，她们还是厚颜无耻地吃掉了那些点心。她们背地里叫他烧烤男，因为他没办法顺利给烤炉点火，却拥有德国进口的高级户外烧烤套装（说得好听，谁知道是不是谁骗他买的），因为他不喝酒，所以一直被当司机来用。而且虽然要坐他的车，她们绝不肯坐到副驾驶座上。明明自己吃得杯盘狼藉，但绝对不负责收拾东西。我一开始是决定绝对不要和他扯上关系的，但脑海中有一个声音却叫我对他温柔一些。于是我注意着不被他误会成其他的感情，在最小限度内为他提供帮助。

这并不是对他不关心。我只是想和他好好地保持一定距离感。

户外烧烤结束以后，奥山说希望我能在工作上帮助他。公司里的工作以外，他还在网上帮朋友一起运营一个美食评论网站。他说想获得一些女性的意见，于是约我一起去公司附近的拉面店。我心想，拉面店而已应该没关系的。于是我们在白天一起去了拉面店，在吧台的座位上沉默地吃完了面，交流了感想，然后各自买了各自的单，就从店里出来了。但是第二天，他送了我一份高级巧克力，说是谢礼，感谢我的帮助。然后他拜托我下次和他一起去一家水果蛋挞很有名的甜品店。我回去报告淳哉，说我当场就答应了。"你这就算是玩脱了。"淳哉很生气地对我说道。于是我在挤满了女性顾客的店里，提高了嗓门，一字一句地对奥山说道："因为再这样下去我男朋友会生气的，所以请把今天当做我最后一次帮你做食评吧。"

"这……这也确实。是我的错，让……让你难做人了，你也不好办吧。"

奥山一边擦着头上涌出的汗水，一边向我道歉似的说道。可是，在现在这个阶段，他脑中和我构建出了什么样的关系呢？第二周，淳哉所在的证券公司，收到了诋毁中伤淳哉的邮件。

那并不是单纯的骂街。上面说淳哉在学生时代，为了赌博曾经借款五百万，甚至还附上了有真实的小额贷款签章的伪造借据。淳哉立刻就怀疑起了奥山。但我从来就没有和奥山提起过淳哉的事，无论是名字、公司还是职务。如果真的是奥山干的……我这么想着，就开始调查起了自己的房间和自己的随身物品。结果，在我上班时用的包底下，发现了一台没见过的手机。我和淳哉拿着这个被改造过的窃听手机就去了警察局。然而我们却完全没办法让警方调查他。他问我和那位被怀疑是加害者的人是什么交友关系，我说是户外烧烤和食评网站的关系。警察说这种程度的交友关系，一般是不会发展成跟踪狂的，也就完全没认真看待这件事。而且，我们也拿不出证据说窃听器是奥山设置的，这样警察也只能叫我们多加注意而已。

在那之后，诋毁中伤的邮件依然不断地送去公司。其中有一条写着："他的恋人樋口明日实，从小就患有神经性的疾病，曾经将自己的同级生逼到无法上学，是个恶魔般的女人。"这种事就算是使用了窃听器，奥山也没道理知道的。我每天都用电脑，但还是第一次用电脑搜索自己的名字。我先输入汉字，发现在很多匿名论坛上，都有和那封邮件一样的文章。我忍住呕吐，变换文字的类型，输入平假名、片假名、罗马字，在那么几个小时之内，我就查到了几个博客，看着像是幸直和修造的博客。我输入和奥山一起去过的拉面店与甜品店的店名，也找到了奥山的博客。那上面每天都写满了对很多人的辱骂，其中有公司里的人，也有以前认识的人。人物的名字都是姓名首字母，但店名或是高级甜品的名字，全都是原文写在上面的。这些证据就指向了他对人怀有的恶意吧。

他是没有注意到大家对他的态度吗？如果没注意到，那就真是个傻老实人，但要是注意到了，又怎么能若无其事地去上班呢？这人也不值得同情。他写了那么多的东西，岂止是在发泄压力，很可能已经形成了一个新的人格。他构筑了一个自己当皇帝的美好世界，只要一直躲在那个世界就好了。可是，那个理想世界和现实世界的边界线逐渐变得模糊不清了。当他意识到他以为是伙伴的那个人其实并不是伙伴时，他一定觉得自己遭到了背叛和忤逆。为了保护他所爱的王国，就必须去痛击那个破坏者。但我无法原谅他，竟然不是将矛头指向我，而是指向了淳哉。

淳哉就像是没在公司收到中伤邮件一样，在我面前笑着，可只要看着他的脸，我就知道他已经因为这前所未有的巨大压力而变得虚弱不堪了。我提议说，既然如此那不如索性分手吧。但淳哉说，要发表这种投降书的话，还不如直接碾碎奥山。我看着他真的打算杀人的眼神，赶忙和他说，我会和公司领导谈这件事的，千万不要动杀心。公司里的人应该能明白，奥山是个奇怪的家伙。不如说，也许只有我一直不明白这件事。我怀着这样的期待，去找上司谈话，但他说我只是被害妄想罢了。他心里的某个角落，也许觉得奥山这家伙确实干得出这种事。但是防盗用品公司的职员给别人安装窃听器，这种事情他是绝对不愿意承认的。我明明也是用自家公司的产品做的调查。

就只剩下和奥山当面对质这一条路了。但是，要是当面责问他，恐怕什么用都没有。这样做，他只会摆出一副弱小受害者的样子，反问我为什么要找他茬，然后在暗地里谋划什么阴湿的报复手段。

"你有什么要求吗？"

我在公司里，找准了只有我和奥山两个人的时机，这样向他搭话道。我露出一副恳求的表情，脸上写满了"请你不要再这样做了"。奥山一时间没有回答，不和我对上视线，而是咕噜噜地转着眼珠。大概是在筹划着该怎么说吧。他是要假装什么都不知道吗？还是要如我所愿提出他的要求……

"和我一起去室外烧烤吧。我想最后创造点快乐的回忆。因为我已经对明日实死心了。"

我有些失望，现在连中学生都不会这么扭扭捏捏了吧？他一边将双手的手指缠绕在一起，一边红了脸。我总觉得他的愿望确实只是如此而已，但这对他而言却并不是一件可以轻易拜托我的事，以至于他为了达成这个目的，不惜做了一大堆恶心人的事情。如果我当场暴揍他一顿，恐怕他会哭着逃走吧。面对这样一个弱小的家伙，虽然是在这种时候，但我竟然有些同情他了。

我没告诉淳哉，自己要和奥山一起去户外烧烤。他要不然会阻止我，要不然就一定要跟去。这样就失去意义了。去创造些美好回忆就可以了。然后我就从公司辞职吧。从今往后不再和淳哉以外的人有瓜葛。就算路边有人晕倒，我也要假装没看见地走过去。就算有人呼救，我也要假装没听见。就算有人向我求救，我也要断然拒绝。要是有人因此而斥责我，我就摆出一副自己才是可怜人的表情，哭出来给他看吧。

下班以后，开来了一辆奇怪的黄色汽车，他说是意大利生产的。他开着这辆车，像上次一样载着我向"自然之森公园"驶去。在这个秋风萧索的季节，工作日晚上七点跑去室外烧烤的人，也只有我们两个了。

"诶呦，包场了啊。"

奥山的语气听起来情绪高涨，我对此回以温柔的微笑。奥山笨拙地搭着室外烧烤的烤炉，我在旁边切着蔬菜。他用了三倍的引燃剂，才成功点起了火。炉子上面排列着奥山带来的松阪牛，主要是里脊和牛背肉之类的。饮料是俩人份的姜汁汽水。快快乐乐的户外烧烤大会开始了。我听着奥山跟我讲故事，桃濑桃的事情——一个我听都没听过的偶像，还有网络世界的朋友们的事情。我则问他："臭鱼干是什么味道的啊？"总之就是尽可能地试着和他聊起来。很快烤盘上就不剩下多少食物了，我告诉自己要再忍一会儿，然后重新调整了呼吸的节奏，转过身和奥山面对面。

"你不来和我并排坐着吗？"

我也无声地应允了这个要求。奥山将最后一片肉浸入酱料之中，然后塞进了嘴里。他对我露出笑容，一边嚼着肉一边开口说道：

"明日实，你觉得我很无能，一直把我当傻子吧？但……但是呢，我，让那家伙公司的顾客资料泄露出去，完全是……小……小事一桩呢。把这些全都变成那家伙干的事呢。至于，为……为什么，明……明日实可以和我结婚吗？"

我的手放在膝盖上。他把盘子放下，将自己的手放到了我的手上。那只手热腾腾、湿漉漉，还沾着烤肉的油脂和酱料。我感到全身汗毛倒立，甩开奥山的手站起身来。桌子旁边一直放着装蔬菜用的盘子，里面放着一把厨刀。我伸手拿起那把厨刀，像是要彻底清除肮脏的东西一样，用尽全力砍了下去。

证言 5 温柔的人

温柔的人不足这世上的百分之一,在他们的隐忍与牺牲之下,这个世界才艰难地得以成立。然后,只有这件事我是可以断言的:你不是一个温柔的人——但这绝不是什么坏事。

叛逆女儿

发件人：野上理穗　主题：同窗会

弓香，好久不见，你还是那么活跃。

我看了上周的《谜题王下克上》哦。虽然很可惜，你没能获得优胜，但你能和那位东大毕业的艺人久我山（我姑且算是粉丝）一直厮杀到最终问，这真的很厉害。

亥子会的实行委员们也都称赞说，真不愧是弓香！但是这并不令我特别惊讶。弓香从以前开始就头脑明晰，这是大家都知道的事。女演员的工作自不必说，往后又要在谜题节目中活跃，你似乎要变得更加忙碌了。

也因此，你没时间来参加同窗会，这实在是太遗憾了！

我们收到了你告知无法出席的明信片，但大家并不想就此放弃，大家在之前的聚会上拜托我来说服你，因为我与你的关系比较好。弓香这么忙碌，我还来信叨扰，实在是不好意思。我怀着歉意写下了这封邮件。

如果你在同窗会那天有工作的安排，那确实是没办法的事情。但如果你缺席是因为令堂的关系，那我们这边也可以提供住宿，所以请再好好考虑一下吧。

真要说的话，我是希望你能来我家住的。但我是和我丈夫的父母一起生活的，住在这里只会让你费心吧。说到底，要是我家婆婆把你回来的事情泄露给了令堂，那就适得其反了。

要是有商务旅馆之类地方就好了，但町里唯一的旅馆，不就只有那家充满了寂寥感的"桔梗旅馆"了嘛……哎，虽然我也没什么资格说人家，毕竟结婚典礼都是在那里办的。

我丈夫的朋友在隔壁町，将一幢古民房翻修成了民宿，我觉得那里就不错。那个民宿在年轻女孩之中很有人气。虽然说是女孩，但大家都其实已经是大妈了呢。

无论是我还是大家，都从心底热切期盼着弓香的归来。

而且我个人，也有很多事情想要告诉你呢。不过不必勉强，即使你身在远方，我也会一直在电视机前支持你的！

我以前学校同窗会在亥年和子年举行，叫做亥子会。收到亥子会的请柬时，我就在"缺席"上面打了个圈，早早地寄了回去。

就是那个时候，我第一次知道了离那幢我从上京以来住了八年的公寓最近的邮筒。到东京以后，我没写过贺年卡，也没写过什么书信。话虽如此，我倒也不是远遁他乡了。我把自己的联系方式，给了几个关系很好的朋友，所以每年也能收到屈指可数的几张贺年卡。但我自己从没寄出过贺年卡。

结婚典礼的照片、孩子的照片、在神社庆祝七五三[①]的照片、全家人在主题公园和卡通角色一起合影的照片。每逢年关，收到

[①] 七五三，日本习俗。在男孩 3 岁、5 岁时，女孩 3 岁、7 岁时的 11 月 15 日举行庆祝仪式。

这些东西时，我就后悔没有真的瞒着她们远走高飞。

文字内容也大体上是这种东西，经常写什么："我这边家务和育儿都超辛苦的，弓香也要加油呀。"什么叫"弓香也要"啊？她们嘴上说着我成为了女演员有多么多么厉害，其实还是把我的工作和主妇的工作相提并论。

在那种乡下小地方，大家都觉得自己才是最辛苦的，大家都对我的生活夸大其词，觉得要是能过我这样的日子就好了。谁都觉得我是特别的，所以谁都意识不到我的苦痛。然后就纠缠不休地邀请我去参加同窗会。

意识到这一点的只有理穗而已。虽然我们痛苦的种类不同，但她也遭受着煎熬。

然而即使是她，每年也会给我寄来贴着女儿照片的贺年卡。有时候，她们母女二人穿着同样的服装，摆出同样的姿势。她的苦痛已经随着结婚彻底消失了吗？还是说她的苦痛本身就并不像我一样严重？或者说，她是在无意识中重复着悲剧的循环吗？

话虽如此，但读了那封许久未见的邮件之后，我涌起了一个念头，想要去见见理穗。不管她现在的状况如何，她仅仅是通过我在请束的"缺席"上画了个圈，就推测出了我参加不了同窗会的理由，甚至还提出了解决方案。

也许那些老同学会死乞白赖地要我签名，或者拉着我给她们讲些业界八卦，但在那段时间之内我还能应付得来，泰然处之就好。如果有人在社交网络上写了我出席同窗会的事，也不是什么坏事。

我经常出演那种气场很强的、主人公的宿敌,以至于有不少人都误以为我本人的性格也那样恶劣。我出席同窗会,那种富有故乡情怀的姿态,应当会稍微修正一下那种印象。

而且,这次的同窗会还很特别。我们那里本来就是个同级生关系很密切的地区,虽然每年夏天都会举办同窗会,但我总是与之划清界限。

电话响了。我有点激动,想确认一下是不是理穗打来的,结果不是她,而是那个人。

——弓香,是妈妈啊。你好吗?

我听说你没办法出席同窗会,这是真的吗?

我知道你很忙,但这次真的不能想办法过来吗?我觉得啊,还是要去你出生和长大的地方,在那里的神社驱除厄运才比较好。

而且啊,大家都很期待着你能回来呢。每次大家见到我,都跟我搭话说弓香如何如何、弓香如何如何。当然了,妈妈帮你好好谢过大家了,但我想这还是一次好机会吧,能让你直接感谢那些一直支持你的人。

说起来,弓香从以前开始就一直是个很能干的孩子呢!

另外啊,妈妈还给你准备了礼物呢。今年你三十三岁,是女性的厄年①,说是生日礼物应当送一些长的东西比较好,所以我给你买了个挂坠。钻石的哦。

---

① 厄年,在日本神道传统中指灾厄降临的那一年。男性为25岁、42岁和61岁,女性为19岁、33岁和37岁。

原本来说,去神社驱除厄运的时候大家都会穿着和服,我希望弓香也能这样。但是之前问起的时候,你却说了些很奇怪的话,叫我不要做什么和服,你绝对不会穿。妈妈那个时候就想啊,你到底为什么会这么说呢?妈妈实在是不明白。难道是在工作的时候,因为和服而带来了什么不好的回忆吗?然后呢,就正如一个母亲该做的那样,我试着想了想。

弓香是个很有耐心的孩子。

这样一来,我就给你买了一个适合西式服装的吊坠。虽然不像和服那样华丽,但也不至于在神社里因为不穿和服而被人侧目。祈祷的时候戴着它,它也就会成为护身符吧。还有呢,当日往返神社也是可行的。

为了弓香之后的事业能够继续顺利成功,我觉得你应当来驱除一下厄运,而且也许还会被赐予一些美好的邂逅呢!

哦,对了,之前谜题节目里那个久我山?妈妈觉得那个人真的特别好。节目最后你们并排站在一起时,我觉得你们相当般配。

啊,另外啊,妈妈和理穗的婆婆关系很好,所以才托她让你改变心意呢。那孩子过得也不容易,但现在算是和一个相当不错的人结婚了呢。真没想到能给那么好的一个婆婆做儿媳妇。她女儿……志乃,也很可爱啊。总觉得和弓香小时候有点像啊。

——不是……我自己是很想回来的,但现在还有工作要做啊。

——不是还有半年吗?你就以要来参加同窗会为由提前安排一下工作呗。妈妈看着弓香活跃的身姿,实在是很开心。但有时候想到你大概因此失去了对于人来说很重要的东西,就又不由得难过了起来。

以前我太忙了,没来得及好好教给你那些从前传下来的老规矩有多重要,这算是我的错呢。

那个人一直都这样,说话像是机关枪似的停不下来,我完全没机会插嘴。

她说完了自己想说的以后,就像是这件事已经谈妥了一样,让气氛朝着另一个方向发展。朝着她想要诱导去的那个方向发展。我要是做出了什么否定的回答,她立刻就会摆出一副被背叛的表情。她会夸张地叹一口气,但绝对不会听我否定的理由。她会装出一副失落受伤的样子,来阻断我反驳的可能。

小时候面对这种事,我也只能道歉了。当时甚至都意识不到这是她刻意诱导的结果。我也没意识到,在那种状况下,道歉就等于说是我答应了她的要求。

即使我道歉的时候只是一边吐气一边动嘴而已,她也会听都不听,立刻接受,然后使劲点点头,就像是皇室成员或是影后一样,从遥远而又崇高的位置,带着慈悲的微笑,望着我的脸。

然后她就会说出"没事的,来,吃些点心吧"诸如此类温柔的话语。

刚才那通电话也是这样,如果我乖乖地向她道歉,她会说些"多注意身体啊"或是"妈妈是你最忠实的粉丝哦"之类的话,就默默挂断电话吧。但她等了一会儿,也没听到我叹气的声音,只有持续着的沉默。那个人也许因此有些怒火攻心,也许是在防止我说出什么狂妄的反驳，于是像摔砸听筒似的挂断了电话。

但今天已经不是我第一次听到这样仿佛在捶打我耳膜一样的声音了。即使讨厌这样的声音，我和那个人依然连结在一起。就像是纠缠成一股粗壮缆绳，这只是斩断了其中的一根钢丝而已。虽然这本应是为了解放我自己而做出的行为，但伴随着那根钢丝被切断，强烈的头痛向我袭来了。

小时候，母亲给我买了一本安徒生童话，其中有一篇叫作《美人鱼》。在那个故事里，美人鱼虽然得到了双脚，但每走一步路，都像是踩在刀子上一样疼。

为了成为王子的心上人，美人鱼就必须忍耐着这样的苦痛在世间生存下去吗？我记得自己小时候，是一边怀着对美人鱼的同情，一边读完这个故事的。故事里也没写美人鱼在人鱼的世界里活得有多艰苦，不如说在故事中，人鱼的世界被描绘成了一个绚丽的国度。这使得儿时的我愈发困惑，难道她就不能在人鱼的世界里轻松地活下去吗？

但是，美人鱼知道了外面的世界是什么样的。正因为她知道了，所以意识到，眼前那些看似理所当然的东西，事实上并非如此。

我的苦痛大概和美人鱼是一样的。

我开始吃市场上销售的止痛药。虽然同样的药吃了太久，如今药效已经变小了，但这种药我已经用了十年，习惯了。

因为每当我说出"对不起"时，头痛就会发作。

我是初中二年级时知道自己头痛的原因的。那时候，我觉得自己会头痛，是因为感冒或骨折之类的原因。所以当时，我老老实实地告诉了那个人，说我头疼得像是要裂开了一样。

虽然那个人最终带我去了医院，但因为我往往是在夜里头痛发作，而到了第二天早上就不疼了，所以等我真的到医院去问诊时，已经是我第一次头痛发作的三年以后了。当时我家附近有人死于脑瘤，那人的头痛也是只要几小时就能自愈，但总是频繁地发作。她觉得这症状和我很相似，怀疑我也有同样的问题，因而惊恐了起来。

综合医院给我拍了 X 光片，还检查了我的脑电波，最后医生得出结论，说我是压力导致的头痛。

那个人反驳说："这不可能啊。"

但医生断定他是没查出任何异常情况的，所以她也只能作罢了。她像是放弃似的说了一句："我会好好和孩子谈谈的。"就带着我离开了医院。离开家的时候她和我说，回来的路上会带我吃点好吃的，但最后也只是沉默地带我直接回了家。

回家以后，那个人问我："你在学校是不是遇到了什么问题啊？"不是询问，而是诘问我，"你是学习上遇到困难了吗？你是在社团活动中遇到什么麻烦了吗？你是被同班同学欺负了吗？"

我根本没办法一一回答她的问题，只能对所有问题总结似的摇了摇头，以此作为回应。我当时是在吉他社的。

"确实啊，你学习成绩又不差，之前在文化节的发表会上，弓香的演奏也是最好的。还有校园霸凌什么的，你应该也不会和那种不成体统的事情扯上关系呢。"

我要是真遇到了校园霸凌，听了她这一席话，恐怕会直接想去死吧。

"仔细想想……你难道是在保护哪个遭到欺负的孩子吗？就像去年那样。是哦，那时候你好像格外头痛。因为弓香和你爸爸一样，都是正义感很强的人呢。你是因为这件事被人找茬了吗？"

对于这件事，我很用力地摇了摇头，但被那个人的提问给盖了过去：

"现在和你关系最好的孩子是谁呢？"

"是前川理穗。"

我说出了理穗的名字，那是我在图书委员会结交到的朋友。我觉得这是一个可以毫不犹豫地告诉她的名字。那个人像是念经似的来回叨念着"前川"这个名字。她似乎是在想这是哪个孩子，不，她在想这是谁的孩子。

"哦哦，这样啊。和理惠一起玩是好事，但你和其他孩子也要处好关系啊。"

她像是接受了我头痛的原因一样，用轻快的语气这样说，之后就去准备迟来的午饭了。她一边哼着小调一边做着炒饭，我仅仅是看着她那挺直了腰板的背影，就能完全看懂她在想些什么。

她根本不管我的否认，就完全将这事归咎于我因为庇护被欺凌的理穗而遭到了牵连吧。也或许她觉得，我是因为班级内存在校园霸凌而心痛了吧。她一定在脑海里编出了一套剧情：理穗的父亲经营着不动产公司，家里很有钱，理穗就因为家里有钱而被欺负了。

理穗并没有遭遇校园霸凌。虽然我想反驳她,但做不到,此时,我开始头痛欲裂。这时我知道了,我头痛的原因就是眼前的这个人。

从那以后,即使我又头痛发作,也不会再告诉她了。我甚至会装作什么都没发生一样忍下来。要是她再诘问我在学校里发生了什么,或是在我不知道的情况下去联系学校,这都会让我很难办。因此我努力忍了下来。

但有一次,我因为痛经而服用了市场上销售的止痛药后,发现头痛也一起被治好了,从此之后,我就一直靠那种药撑了下来……但我究竟要和这种头痛斗争到何时才算完啊?

虽然头痛已经缓解了,但我还是躺在床上,拿出了手机。

发件人:藤吉弓香 主题:谢谢

理穗,感谢你再次邀请我参加同窗会。

虽然很抱歉,但还是请容我缺席。

还麻烦你帮我考虑了住宿的问题,实在是不好意思。我当然很想住一次古民房翻修成的民宿,也想和许久未见的理穗聊聊天,也想和大家见见面。但我还是没有回到故乡的勇气。

诚然,我是可以在不与那个人见面的情况下参加同窗会的,但在此之后,我回到老家的消息一定会传入她的耳朵里。理穗明白我的意思吧?

那个人嘴上说着会为我加油,但其实从未原谅过我去做演员这件事。我只是拍了一套泳装写真刊登在杂志上，她就哭着给我打电话。每次我出演吻戏，她都要给我打电话确认，问我这接吻是不是演出来的。拜她所赐，我现在能出演的角色也被限制住了，几乎没办法随心所欲做自己的工作。

但我预感到，在那个谜题节目中取得的成绩，会是我崭新的舞台。在准决赛的最后一个问题中，我能够全部答出十二位使徒的名字，都是托理穗的福。

理穗现在已经结婚，还成了母亲，一定每天都能按照自己的节奏来安排种种家事，全力以赴地过着充实的生活吧。我真的很羡慕。希望你下次依然能给我很多建议。

再见，记得替我向大家问好。

我按下发送键后，脑中浮现出了理穗的面庞。我仔细回想着，现在我脑中浮现出的，是她什么时候的面庞呢？那是她和我讨论着喜欢的漫画角色时的面庞，是我们刚相遇时她的面庞。

我和理穗是初二的同班同学，还都是图书委员。我们并非是因为关系好，才一起竞选图书委员的，只是恰好参选的只有我们俩人罢了。我初一就是图书委员了，而理穗则是从初二才开始当图书委员的。因此，我也不知道她喜欢读什么书。

虽然说被人问起兴趣时，回答是"读书"的话，会被当作过于平凡的无聊角色。但成为图书委员以后，我还是被图书室的使用者之少给震惊到了。尽管指导教师对读书活动非常上心，书架上还摆着很多名作家的流行小说、轻小说和漫画一类的读物，但似乎完全没人借来读。课间的时候，教室里也没有任何一个孩子会提起读书的话题。

在图书室当班的那天，是可以沉湎于读书之中的。但是，我却找不到那套奇幻漫画的最终卷了。我嘟囔着："怎么回事？"这时有人在旁边插嘴道："在我家呢。"那人就是理穗。

为了继续读完那套书，当天我就去了理穗家。当时那个故事，使我连一个晚上都等不及，整个人沉浸于其中，但现在不知为何，却连漫画的名字也记不起来了。

出来迎接我的是理穗的母亲。她皮肤很白，脸很圆，眼睛很大，身材娇小……母女二人像是洋娃娃似的，她们站在一起时仿佛姐妹。

"我还以为您是姐姐呢。"

自我介绍之后，我这样对她母亲说道。理穗的母亲听了很开心，微笑着说："你嘴可真甜。"然后她挽起理穗的手臂，说道："是吧？"理穗没有一点害羞的样子，回望着母亲的脸，说道："是的呀。"比起姐妹，她们二人更像是心灵相通的双胞胎。我别说挽那个人的手臂了，甚至都不记得什么时候拉过她的手。

好羡慕！当我羡慕别人的时候，就会意识到自己没有的东西，我很讨厌这种感觉。那时我应该是对什么都有尖锐看法的年纪，当我觉得自己完败了的时候，我发现自己已经用特别向往的目光看着眼前两个人了。

我原本应该拿了书就回家的，但当我进入理穗的房间后，却被她的书架夺去了心神，又在那里看了一会儿。那个书架上有我喜欢的漫画家全部的作品。我只能在图书室读到的书，理穗家里全部都有。因此，羡慕的心情就再次涌上心头。

虽说我家是单亲家庭，但这并非是因为经济上的缘由。

"漫画这种东西，读了只是浪费时间不是吗？"

某天我放学回家后，看到本该放在我书桌里的书被放在起居室的桌子上。那是我从图书室借来的。她擅自进入了我的房间，擅自打开了我书桌的抽屉。那个人似乎对做这种事没有任何的不安感。她只是用惊讶的表情看着我。然后我深深地叹了一口气，说道：

"这是和一个伙伴一起去冒险，令人感动的故事。"

"是这样的吗？"

那个人啪啦啪啦地翻开书，展开妖精登场的那一页。

"这身装扮和光着屁股有什么区别？真下流。"

她像是啐出来脏东西似的说完，露出死心的表情，合上书，将它砸在了桌子上。紧接着，又开始了那老一套：

"你要是想为读书而感动的话，首先去把你爸爸房间里的书都读一遍吧。我们家有那么多的书，都堪称奢侈了，而你为什么还会有这么不入流的兴趣？正常来说像你这样的年纪，应当会感兴趣自己的父亲是个什么样的人吧？我要是站在你的立场上，肯定会如饥似渴地阅读爸爸读过的书，然后反思自己的心中是否有和父亲同样的感觉。这些书是你爸爸留给你的宝贵财富。我明明和你说过很多次了，你爸爸就很喜欢读书。你是怎么回事？是我没和你讲清楚吗？……哎，虽然我觉得自己已经和你说得足够清楚了。"

"对不起。"

这明明不是什么非得道歉不可的事情。

理穗似乎没发现,我看着她的书架时,就回想起了那件事,心中满怀怨恨。她拿出一本喜欢的漫画,递到我面前,塞到我手里:"这本你读过了吗?"这里有好多图书室里没有我又很想读的书。

即使被所有人否定,只要有一个人能理解我就够了。那个瞬间,我感到自己终于遇到了一位真正的挚友。在那个年龄,我深信不疑,在危急关头能够拯救自己的,不是父母,而是挚友。

理穗的母亲邀请我留下来吃晚餐,我先是谢绝了,但理穗说:"今天吃妈妈最拿手的炖菜哦。"于是我给家里打了个电话。我几乎能看到电话那边她皱起了眉头,回了一句:"啊?"那声音听得我后背发冷。但这时理穗的母亲委婉地接过了电话听筒,用撒娇似的口吻说:"拜托您一定要答应。"那个人这才勉强同意。

"弓香很聪明吧?理穗像我,比较迟钝,不太擅长学习。你可要和她好好相处啊。真是个温柔的孩子。"

那道炖菜已经炖了半天之久,已经看不出蔬菜原本的形状,鸡肉也软嫩到可以用勺子分解开。这是耗费了心力的美味。但比起炖菜的味道,我更在意她母亲说的话。

真是个温柔的孩子。那个人从来都没有在别人面前夸奖过我。到这里来以后,我只能羡慕理穗家外放的感情。我的妈妈要是也是这样的人就好了。

几年后，我才意识到，那其实是一句很可怕的话。

吃过饭后冰淇淋，理穗的母亲在九点前开车将我送到了家。那个人正在玄关前等待着。她对着理穗的母亲恭敬地低下头，目送着车子离开后，才突然戳了一下我的后背。

"明明跑到别人家吃饭就已经够丢人了，你还拖到这么晚才回家。你也不是小学生了，怎么还一点待人接物的常识都没有呢？对方不可能催着你赶快回家，你必须自己判断情况，这样才不会那么不成体统。我明明比别人多花了一倍的力气，来严格教导你做人的礼仪，是不是我要再严厉点你才学得会啊？你和我在家生活的时候我没能充分地教导你，这是我的错呢。"

"对不起。"

那个人非常讨厌从别人那里拿东西。分发给所有人的东西也好，旅行带回来的特产也罢，只要能拒绝，她绝对要拒绝。也许是因为丈夫死于交通事故之后，她为了让自己坚强地活下去而设下了戒律，也许她本来就是这种人，我不知道。但在我刚记事的时候，她就是这样的人了。

第一次拜访同学的家，就在人家的家里吃了晚饭，这对她来说确实是无法容忍的。我理应预测到这一点，却轻率地认为只要打个电话就会没问题。所以说，这是我的错。

难得借了那本书回家，我却被剧烈的头痛所侵扰，那天晚上最终也没能读书。

电子邮件的提示音响了起来。

发件人：野上理穗　主题：没事没事

谢谢你回信。虽然很遗憾，但我放弃拉你来同窗会了。

这是不是反而引起了弓香的反感呢？我在反省了。

我偶尔会在商场遇到令堂。我和她谈起电视剧的事情，她就会露出发自内心开心的表情说："感谢你一直以来的支持啊。"我因此觉得，她可能是和弓香在向着和解的方向发展来着，看来是我误解了。

但是令堂经常给我家小孩买些冰淇淋或点心，这我要向她道谢。她说我孩子和弓香小时候很像。

这么说来，将来要不要做影星啊？开玩笑的。

至于同窗会，弓香如果当天突然想要加入的话，也是完全可以的，所以如果你改变了主意，请随时联络我哦。

拜拜。

理穗大概是特意写得像是在支持那个人一样吧？因为理穗看起来像是在给我加油，实际上是嫉妒我的。也许她是想着能靠我来个华丽亮相，就和大家说："我来邀请她，她肯定会来同窗会的！"结果却被我拒绝了。她大概是因此想说点什么来挖苦我吧。

将来要不要做影星？真敢写啊。别说是实现自己的梦想了，她都没有过自己的梦想吧。但这不是她的错。

父母为孩子的梦想助力，这种事对于我和理穗来说，都不过是幻想罢了。

在我小的时候,那个人经常问我:"弓香将来的梦想是什么呀?"但每一次,在我回答那个人说,我想开蛋糕店或是开花店之前,她就自顾自地继续说:

"果然是和爸爸一样做学校的老师吧。"

我的父亲在我三岁时就死于交通事故了。他是本地高中的国语老师。当时那个人是同一所学校的职工,两个人是在职场里相恋并结婚的。那个人总是一遍遍地说着,父亲是一位多么受到同事和学生敬仰的优秀教师。

她说父亲的葬礼是在工作日的晚上,但还是有超过一百个已经毕业的学生前来追悼。大家都一边流着泪,一边回忆着父亲生前的事迹。

看着她眼含热泪地讲这些事,我实在是不想反驳,就只是轻轻点着头令她满足。但后来,我在小学的毕业文集上搞出了一场大失败。

我在未来的梦想这一栏上填写了"开面包店"。临近毕业时,小孩子们都沉浸在小孩子特有的悲伤之中。我们关系很好的五个孩子中,有人提出说要不要以后一起开店,于是我们就热切地讨论说,开面包店还蛮有趣的。所以作为友谊的证明,我们就都填上了"开面包店"。

说到底,天底下也没有哪个家长会认真看待小孩子在毕业文集上写的未来梦想。最多是说一句"那还真期待啊"就一笑而过了吧?或许还会因为孩子交到了不少好朋友而感到开心吧。

那个人在我毕业典礼结束回到家以后,将那本毕业文集甩到我面前,像是要砸到我脸上一样砸在桌子上,说道:"这是什么啊?"

"妈妈看到弓香能够健康地成长起来,实在是很高兴,毕业典礼是眼泪止不住地流。原本应当是两个人做的事情,妈妈都必须要独自完成,我无数次地烦恼,这样究竟对不对。但是我相信弓香能理解妈妈的良苦用心。我希望你能成为一个去哪里都不丢人,甚至无论谁都会夸奖的好孩子,这会让我很开心。但你似乎完全没领悟到这些。妈妈觉得,想要让孩子茁壮成长,以父母的背影为目标是最好的。但你已经看不到你父亲的身影了,于是我只好一遍遍地将他的事情讲给你听。可是,这些努力全部、全部都白费了不是吗?哎,是妈妈太不擅长讲故事了吗?"

那个人用来擦眼泪的手背上,粘着平时并不会使用的睫毛膏和眼影。

"对不起。"

我一边这样说着,一边哭得比毕业典礼以后和朋友们相拥而泣时还要厉害。虽然不是同一种眼泪吧。

将来的梦想是"教师",这不是挺好吗?

随着年龄的增长,我始终不这么认为。是因为没有遇到过可以作为范本的老师吗?还是说,因为长大成人对我来说还太过遥远,所以这并非我每天会思考的事情呢?

我在学校的图书室里读从理穗那里借来的漫画,回到家里读父亲收藏的那些书。虽然我觉得漫画肯定是更有趣的,但读文学作品也并不是那么难受的事情。

比起这些，我比较在意另一件事，那就是家里的那些书，大都没什么被人读过的痕迹。没有折角也没有污迹。如果只是这样，那还可以解释为是因为读书的人非常爱惜。但书里面还夹着出版社的广告宣传，这又是怎么回事呢？书盒褪色、塑料书皮变硬，这些都是岁月的痕迹，而不是它被阅读过的痕迹。

或许这些书只是作为装饰品被买回家的呢？我没有胆子直接去和那个人确认，所以选择了旁敲侧击：

"家里那些书里面，妈妈推荐哪本呢？"

"呃，呃呃，这个嘛……《飘》怎么样？"

"是什么故事呢？"

"美国的……哎，这种事不要去问别人，自己去读书比较好。"

"那爸爸最喜欢的书是哪一本呢？"

"好像，是夏目漱石的那一本吧。我觉得你读一读就知道了。自己去探索吧。"

从没有父亲阅读痕迹的故事里，就能明白父亲吗？事到如今我可以想象，那个人口中的父亲，才是最好的故事不是吗？

但那种事随便怎样都好。不如说，要是她对这些书如数家珍、对答如流，之后再来要求我告诉她读后感，那才比较麻烦。一想到她可能会指责我和父亲没有相同的感性，而再次哭泣起来，我就觉得这才是最好的结局。

转眼到了高中，那时我终于有了将来的梦想。

我想成为小说家。

我又收到了一封邮件。本以为是理穗追加了什么遗漏的事宜，结果是事务所的经纪人。

发件人：佐仓玲　主题：节目出演委托　附件：《人生奥赛罗》

藤吉弓香小姐，辛苦了。

MMS的谈话节目《人生奥赛罗》邀请您来出演。节目制作人在前几天看到了弓香小姐在《谜题王下克上》中的精彩表现，说希望您一定要来出演。

详情请阅读附件中的出演委托书。

这档节目是今年春天刚开播的。每一集，他们都会选择一个富有社会性的主题，请名人嘉宾来针对它表面的场面话与背后的真心话，来进行热络的讨论。这在各个年龄层都积累了不少好评，随着节目的播出，收视率也在水涨船高。

您一定应当参加！虽然我想这么说，但如果对本期的话题没什么特别想说的，也可以变更计划，去出演其他您更感兴趣的集数。

这样催促您，十分不好意思，但请在后天上午之前给我答复。

佐仓玲

主题是"毒亲"①——

那些控制孩子的父母，尤其是很多支配女儿的母亲。这个词是最近几年才流行起来的，但毒亲却并不是最近才出现的。仅仅

---

① 毒亲，和制汉语。因为其没有恰当的汉语对译词，且在小说中有详细解释，这里保留原词不译。

是因为，那些深受其害的孩子，最近终于有机会把自己的遭遇公之于众了。

但是在我所知的范围内，公开表明自己曾被毒亲所支配的，都是那些艺人和作家。他们的母亲往往已经死了，或者罹患阿兹海默病，在这种情况下，那些控诉者也都已经一大把年纪了。

可是最应该被拯救的应当是那些今后想要实现梦想的年轻孩子们才对。但她们听了这些和她们的母亲一样年纪，甚至比母亲还要年长的人的自白，自己也不会得到什么勇气吧。倒不如说，这会产生另一种可能性：没有意识到自己支配着自己孩子的母亲们，会因而陷入自己也被支配过的受害者意识中，一边过分地表演着自己的弱小，一边更为强烈地逼迫自己的孩子。

当然，我已经年过三十，也许在那些十多岁的孩子看来，我也已经是她们母亲那个年代的人了。即使如此，和现在正在发声的那些人比起来，我应该是更有说服力的。

不同世代之间是有壁垒的，对于上一代人来说，不能自由地出去玩、不能拿到钱、不能去上大学、不能做想做的职业、不能和喜欢的人结婚，即使发生这些事的原因，都是因为母亲的支配，别人也只会说一句："没办法，那个时代就是这样的。"

像是《男女雇佣机会均等法》①和《男女共同参画基本法》②之

---

① 《男女雇佣机会均等法》，日本厚生劳动省于1985年颁布的劳动法，旨在保护女性正当的劳动权。
② 《男女共同参画基本法》，日本内阁府于平成1999年颁布的行政法，旨在促进女性在政治领域的活跃，改变日本过去"男主外、女主内"的腐朽观念，实现男女共同参与社会建设的目标。

类的规章,在颁布前与颁布后,情况是完全不同的。我应该刚好就在这道世代之壁的前面。

如果孩子们能因为听了我讲述自身的经验,而迈出解放的第一步,那就完全有参加这档节目的价值。话虽如此,但这是一档人气节目,也就意味着那个人也会看到。即使我向她隐瞒自己出演电视节目的事情,之后也会有谁让这件事传到她耳朵里吧。

她肯定会看到这档节目,我甚至都没法打出一个时间差。

那个人在电话里和我说:"去年买蓝光播放器的时候,是一位电器店的年轻店员负责送货。也不知道他从哪里知道这是藤吉弓香的老家的,我也没拜托过他,他却设定好了录像功能,只要节目表里出现弓香的名字,就会被录下来。"

我的母亲才是"毒亲"……

岂止是全裸的床戏,我出演的吻戏要是被她发现了,她也会担心会不会是假戏真做,然后发疯似的给我打电话。搞不好她会擅自来我的公寓。搞不好她会在公寓入口埋伏着,我一出来就用刀来捅我。

不是,我肯定会被杀的。

虽然是个难得的好机会,但这次还是推掉比较好吧。虽然邮件里说我可以变更安排,但到最后真的能有下一次机会吗?

因为害怕那个人的反应,我曾经推掉了一次有床戏的两小时电视剧的出演机会。虽然不是主角,但那是一个有很多戏剧冲突的角色。虽然制作公司里那位邀请我的制作人对我说:"这次很遗憾,但希望下次你一定要出演。"可那之后,他再也没有来找过我。尽管那个人后来经手的作品里，还有很多像是优秀的秘书或护士之类适合我的角色。

所以果然，我还是应当接下这个节目。说到底本来也没必要说自己的经历吧？不如讲一讲自己十多岁时的故事，讲讲自己是如何从毒亲手中保护挚友的。也许这并不完全是节目制作者的目的，但我也能依靠它，向那些孩子们送去我想传达出的信息吧。

正如节目的名字《人生奥赛罗》那样，每一集，嘉宾们都会根据主题，从黑面、白面这两方面来探讨问题。

第一集的主题是"友情"。

出演者们围着白色的圆桌，按照顺序讲述自己和那些自己认为是挚友的人之间发生的温暖故事。正当现场众人的气氛被关怀、自我牺牲、羁绊这些词搞得热泪盈眶时，中间的圆桌忽然翻转过来，从白色变成了黑色。这时，那些出演者开始一边哭着一边咀嚼着愤怒，讲述起了同一个人物的其他故事，或是之前那看似感人的故事的真实始末。嫉妒、背叛、不信任人类。

也许是因为节目中涌出的那些残忍和愤懑，虽然也偶有几集是从黑到白去逆转的故事，但收视率最高的肯定是从白到黑的集数。

既然主题是"毒亲"，那么恐怕是从白到黑的节目构成。

我要在那里讲的是，我的挚友，理穗的故事。

首先在白面时，我要讲讲理穗和她母亲像双胞胎一样亲密的关系。她母亲会为她亲手做好每一顿饭，每到午休的时候，无论是我还是其他同学，比起打开自己的便当盒盖，都更期待看到理穗打开便当盒盖。升上高中以后，理穗和她母亲，无论是服装还是首饰，都是共用的。

当然，这并非是因为贫穷。她母亲为了家庭，希望自己能始终保持美丽，她为此维持着自己的风姿，皮肤也总是那样水嫩。并且，尽管她是一个成年人，却从来不单方面地否定年轻人喜欢的东西，甚至还会积极地接受它们。这种事要是做得太过头，反而容易演变成不好的结果，但对于理穗的母亲，大家从来都没有过这样的感觉。

我到了一定年龄才明白，那些衣服虽然是适合年轻人的，但也不是几百几千日元的便宜货。她们母女二人是在共用一些设计上适合年轻人的、高质量的服饰。直到我离开乡下去上大学以后，才明白理穗那些漂亮衣服和我平时穿的衣服，在价格上完全不能比较。我甚至在奢侈品店的橱窗里也看到过理穗母女喜欢用的包。

虽然理穗母女是共用时尚服饰的，但这并不是为了炫耀自己的富贵，而只是因为母女二人的趣味相投，这会让她们很开心而已。

如果是我家的话，恐怕买条迷你裙都会被那个人念叨。如果她看到我在看音乐节目，并沉醉于心仪偶像的歌声，真不知道又会说些什么。大概是皱起眉头说："这种听起来傻吧唧的歌到底好在哪儿？"（她要只是这么说而已，那还算是好的。）所以这样的我，是打心眼儿里羡慕理穗和她母亲之间的关系。

其中我格外羡慕的就是，理穗的妈妈从来都没有逼着她去好好学习过。

白面的部分到此结束。其他嘉宾应该会说一些像是自己的家长经常逼自己学习，或是经常因为考试成绩差而被家长怒斥之类的评论，来表达自己对理穗的羡慕之情吧。

然后，就该朝着黑面逆转了。

"因为我啊，要是没有妈妈，就什么也做不到。"

这是理穗的口头禅。确实。每天理穗的母亲都亲手给她制作好便当，所以在学校的料理实习课上，她连削土豆皮都不会。她从来都没有亲手熨过校服罩衫，所以球技大会时，女孩子们负责制作的头巾，在她手里都从天蓝色变成了褐色。

"学习这种事，只要我能考上妈妈上过的短期大学就够了。"

人们都在暗地里说，县里的女子短期大学并非靠分数，而是靠恩格尔系数来决定录取谁的。它就是这样一所属于贵妇的学校。那要是事实的话，这学校我就算再怎么努力学习也考不进去了。诚然我也并不想考进去。可是，虽然理穗承认自己比较笨，但也没有像她自己妄自菲薄的那样笨。

证据就是，我们两个考上了同一所高中。这是一所本地升学率最高的公立学校。在刊载了录取通知的告示板前，理穗和母亲激动地抱在一起，但她们的喜悦有些夸张了，理穗的成绩从来都不是很差。

升上高中以后，我和理穗的读书品位从奇幻漫画变成了推理小说。很多时候，我没看懂小说里的诡计（虽然有时候是作者写得太烂，或者写得太赶了），理穗会简洁地讲解给我听。这让我很佩服。

"理穗很聪明啊。"

我在她妄自菲薄的时候，我带着认真的笑容这样对她说道。

"刚才那就是我的巅峰了。妈妈似乎也是这样想的。她说，今后大家开始为了考试而认真学习的话，我肯定马上就跟不上了。但是即使我赌上重要的少女时代去逼自己学习，也未必会对将来有什么帮助，反而会有让自己怀有自卑感的风险。所以没必要为了考试而努力。比起努力学习，还不如和朋友们创造些美好回忆，这还更能让我成为一个了不起的成年人呢。就像我妈一样。至于爸爸的公司，我也不必勉强自己去继承，找个能干的老公来接手就好了。"

正当我觉得原来是这样，并感到钦佩的时候，忽然觉得不对劲。这是没能力好好学习的孩子才会说的话。可理穗明明还没有认真学习过，她母亲为什么说得好像从一开始就不打算让她参与竞争一样呢？

这是因为，如果理穗是个聪明孩子，成功考上了大学的话，就和她不是同一种人了。基于这种恐惧，她才这样诱导自己的女儿放弃了努力学习。我听说理穗的父亲忙于经营本地的不动产公司，那时候每周只有两三天在家。她一定就是在这期间诱导了自己的女儿。

我这样想着，就在高二第二学期的期末考试前，提出要和理穗比一比五个科目的总分。我们约好，谁要是输了，就必须去和哪个男生告白。我没有喜欢的男生，但理穗当时和一个男生关系很好，大概是两情相悦。理穗从一开始就没打算去管比赛的胜负，而是打算以此为契机来告白，于是立刻就答应了我。

但最后是理穗赢了。由于我们成绩都接近满分，我以毫厘之差惜败。这在我预料之中。但先不论比赛的胜败，我的数学和理科竟然输给了她，这真是难以置信。而且这可不是什么菜鸡互啄，她这两科的成绩都拿到了全班最高分。只剩下英语和社会这两科，我艰难取胜了。

理穗很优秀，这成了谁都无可置疑的事实。但理穗胜过我之后，虽然当时看起来特别开心，可过了一天，她就看起来非常后悔了。然后她这样对我说道：

"我不会再和弓香做这种事了。"

理穗的意思并不是说不想和我比赛考试分数，而是想要彻底回避和我有关的所有事。她也不再借我书了。我问她怎么回事，她就只会在那个时候露出和以前一样的、面对挚友的笑容，然后说："不是和以前一样吗？"

我确信这一定是她母亲教唆的。她好不容易才能控制自己的女儿，可绝不能被我给搅和了。所以她才要理穗远离我。

她母亲一定是和理穗说："理穗不喜欢和谁去攀比吧？你是不是和那孩子合不来啊？妈妈觉得你和那些既时髦又开朗的孩子一起玩比较好呢，理穗身边没有这种孩子吗？"大概是类似这样的话。她就这样将自己女儿那可能成为医生或科学家的萌芽给掐断了。

电子邮件的提示音响了起来。是理穗发来的。这时机就仿佛是她看穿了我的企图一样，使得我在点开邮件时不由得有些紧张。

发件人：野上理穗　主题：讣告

亥子会的各位朋友

在我确认同窗会的出席名单时，获悉了江川真里亚已于半年前去世的消息。似乎是自杀。

和实行委员会商讨后，我们得出结论，应当去真里亚的灵前供奉鲜花。费用将从同窗会的活动基金中支出，恳请各位理解并支持。

我这还是第一次听闻同级生去世的消息。而且还是自杀。

我脑海中马上浮现出了江川真里亚的脸。是她初一时的脸。她又黑又瘦，肩膀上总是挂着头皮屑，但在过长的刘海下面，却藏着高鼻梁大眼睛。那张脸是整个年纪最好看的脸。那张脸正怨恨地看着我。

我刚上初中，就被同学们给孤立了。我像个傻子一样，难得和小学时就关系很好的孩子们成了同班同学，却耿直地说什么："我不想开面包店了。"我笑着期待她们的原谅："这种事随便怎么都好啦。"可我只看到了她们冰冷的眼神。从那以后，我就再也没和她们对上过视线。吃便当的时候，我也以自己是图书委员作为托辞，跑到图书馆自己一个人吃。

对我而言最紧要的问题是，春游的时候我该和谁一起吃便当呢？毕竟班级里面的小团体早就已经成型了。那时在课间独自一人的只有我……以及江川真里亚。虽然真里亚和我不是同一个小学的,但不需要谁从旁指点,我就察觉到了她被孤立的缘由。

因为她太脏了。而且虽然我家也并不富裕,但我还是擅自认定,她不干净的原因是因为太穷了。

即使如此我还是讨厌独自一人。只要春游时和她一起玩就好了。我这样想着,就一边注意着周围的视线,一边和她搭上了话。她从长刘海的下面惊讶地看着我,我则严肃地向她说道:"我是认真地在邀请你。"于是她露出微笑,低声说道:"好啊。"

这孩子真漂亮。我像是触电一样地意识到了这一点。然后我怀着难以置信的心情环顾四周,心想难道全班从来没人意识到这一点吗?这种悲惨的感觉,甚至让我对向她搭话这件事产生了歉意。

春游的地点在我小学时代就因为学校活动而去过很多次的市民公园。当天,我们依照约定,一起在公园的角落吃了便当。那个人做的便当不像是给初中女生准备的,而像是给上班族准备的,其貌不扬,但是营养均衡。即使如此,我还是觉得我的便当比真里亚的要华丽。

因为她的便当盒里,只有煎蛋卷、紫菜盐拌饭和腌黄瓜。于是我提议说:"我用炸鸡来换你的煎蛋卷吧?"

"弓香真是温柔呢。"

真里亚一边这样说,一边在我的便当盒盖上放了一块煎蛋卷。我也有样学样,夹起一块炸鸡放在了她的便当盒盖上。然后我夹起煎蛋卷放进了口中。这煎蛋卷好吃到令我忍不住惊呼了一声。

在那块煎蛋卷当中,有着不可思议的嚼劲。

"我试着在里面加了萝卜干。台湾好像是有这种料理的。"

真里亚害羞似的说着,咬了一口炸鸡。我虽然也觉得真里亚做煎蛋卷的小秘方很厉害,但更惊讶于她自己给自己做便当这件事。虽然有可能是因为喜欢料理才自己做饭的,但也有并非如此的时候。我可以很轻易地询问其他孩子的家庭构成,但对于真里亚,我却很抵触问这件事。

以春游为契机,我和真里亚的距离一下子缩短了很多。在午休时,我们也一起在教室里吃便当。我们一起构思了很多加在煎蛋卷里会很好吃的东西,然后第二天真里亚就会这样做出来,而我则用我的配菜来和她交换,吃完后还会交流感想。加入青海苔和沙司的铁板烧味、海苔芝士味、番茄酱美乃滋味、圆筒鱼糕味……

但这快乐的时光并没有持续多久。因为那个人擅自从我的书包里,翻出了我春游时的照片。我洗完澡从浴室出来时,就看到起居室的桌子上,放着班主任给我和真里亚拍摄的照片。

"这孩子是你的新朋友吗?"

我轻轻地点点头。

"这孩子是叫江川吧?"

我不知道她为什么会知道这件事,带着吃惊的表情回答道:"没错。"

"我是真不想和你说这些事……但弓香你是不是不知道江川的妈妈是干什么的,就去和她做朋友了?她妈妈在做那种我说出来都嫌脏的事啊。所以说，妈妈倒也不打算因为母亲而否定孩子，但这种孩子被不正经的母亲养大，一定也会在哪里有些问题吧？你要是和其他孩子一起找她交朋友，那倒也没什么。难得出门春游，江川却没有朋友，所以你叫上了她。但有必要只有你们两个人一起玩吗？还是说，难道弓香是因为我们家也是单亲家庭，就觉得江川家也一样了吗？倘若在你的心中存有这种想法，哪怕只有一点点，也相当于是在侮辱妈妈。你懂吗？如果你和江川交朋友，那周围的人都会觉得，这是因为你们都是单亲家庭。这也就相当于你到处在宣传着，将妈妈和那种人相提并论。妈妈啊，明明从来都没有剥夺过你的自由，让你自由地成长着，你到底有什么不满意的？啊？告诉妈妈吧。妈妈在此之上还要为你做些什么，才能让你满意呢？"

"对不起。"

从那个人的语气中可以明白，真里亚的母亲大概是在做出卖肉体的工作。但无论是这件事，还是她是单亲家庭那件事，我都是那时才第一次知道的。但我也没有因此而讨厌真里亚。我想告诉那个人，真里亚做饭非常好吃。但是，即使和她说了这些，也只是白费口舌。

第二天，我在真里亚到校之前，找到了以前玩得好的朋友们，低下头请求她们让我重新回到小团体里。他们说，大家对开面包店的兴趣也早就淡漠了，然后对我说：

"而且我们觉得，也是时候把弓香从那孩子手里救出来了。"

在那之后，我就没办法开口拜托她们让真里亚也加入小团体了。

我对真里亚说:"以后我不要和你一起吃便当了。"真里亚带着快哭出来的表情说:"没关系。"午休的时候,我在教室里找不到她的身影。那一天,我们本该一起品尝辣鳕鱼子美乃滋味煎蛋卷的味道,但我永远也不会知道了。

真里亚从此经常不来学校,从初二开始也离开了班级。最后她去了哪里的高中呢?她之后又做了些什么呢?这些我都不清楚。但我非常在意的是,我大概也包含在迫使她自杀的原因之中。

我的头开始隐隐作痛了。

发件人:藤吉弓香　主题:献花

理穗,感谢你的通知。真理亚的事,实在令我震惊。

我想以个人名义向真里亚献花,你能给我那边的联系方式吗?

另外……你知道她自杀的原因吗?

发件人:野上理穗　主题:回复:献花

我认为弓香还是不要去献花比较好。

具体情况我没法说,抱歉。

不需要我去送花,这是因为真里亚恨我吧?

我那时为什么要对那个人言听计从呢？如果我像偷偷读漫画一样，瞒着她偷偷在学校和真里亚做朋友，不就解决了吗？我只要不留下像那张照片一样的证物不就行了。

不，准确来说，那时的我，没有生活能力。如果那个人不养我，我就没办法活下去。在那种情况下，无论是多么细枝末节的事，我都没办法忤逆那个人的意志。对于监护人来说最为狡猾的手段，莫过于以孩子无法离开家为前提，来对孩子进行压迫。因为这就像是在宣示着两者之间的支配关系一样。

高二时，我第一次交到的男朋友，也迅速被她拆散了。

我瞒着那个人，和男友两个人一起去看了电影。我明明坐了九点到家的列车，却看到那个人顶着一张吓人的脸，不知何时开始就在出站口守株待兔了。我也不知道是被这町里的谁给告密了。不仅如此，告密者还告诉了那个人男朋友的成绩不太好这种无聊的个人信息，还有他对女人很轻浮这种谣言。我很庆幸那个人没有当场对男友说三道四，但回家之后，在踏入玄关的那一瞬间，她就打了我一耳光。我还没来得及喊疼，就听见她一边哭着一边说我有多肮脏和下流。隔周，我不得不哭着告诉男朋友："我们以后不要再见面了。"

不可以和女性朋友们一起住在外面，不可以购物，不可以打工，电话只能用来谈正事。我很难回忆起来她允许过我做什么事。

获得自主权的初次机会，是在就职活动的时候。那时候即使我和她决裂，也能够活下去。

乡下的高中生想要离开家，想要从这个町走出去，就只能靠上大学。放到以前，倒还可以靠找工作来从乡下搬到城里，但如今这个时代就很难这样做了。本身连那些城里人都很难找到肯正式雇用自己的企业，更不可能有哪个公司会专程跑到乡下来招聘一些凡人了。

我个人的情况是，想要让那个人允许我上大学，就需要去上教职课程，大四返乡接受本地的录取考试，成为教师。我隐瞒了自己想成为小说家的事情，准备考进文学部。我和那个人说，自己想要考进东京男女混校的大学，但被她反对了。首要原因是东京。其次……

"男女同校绝对不行。你该去上有学生宿舍的女子大学。而且你早晚要回到这里来的，要是考上了男女同校的名校，岂不是会不容易结婚吗？"

那个人觉得，男人只会和比自己愚蠢的女人结婚。父亲是国立大学毕业的，而那个人虽然和父亲上了同一所本地的高中，但她是高中文凭。因为她一直都跟念咒似的和我说类似要成为教师、要成为和父亲一样备受尊敬的社会人才、要自立自强这种意思的话，现在突然冒出一句结婚，都把我说懵了。

假如我有个兄弟的话，那她大概会把做教师的愿望托付给我兄弟，然后从小就跟我念叨，要我和一个拿铁饭碗的人（恐怕是公务员）结婚。

就算双亲中有一方已经过世了，那也是两个人。而孩子，则只有一个。在这种情况下，孩子身上就被投射了俩人份的人生。

话虽如此，她还是允许我去东京上大学了，这让我的好心情没有遭到破坏。我去了几所有名的（当然也是有学生宿舍的）女子大学参加入学考试。然后我合格了。我本应从此开始自己充满了解放感的生活，但那个人以两天一次的频率，给我新买的手机上打电话。不发邮件，只打电话。

你好吗？你走出困境了吗？你交到好朋友了吗？你有没有被坏男人骗啊？还有……你有没有在为了当上教师而好好学习啊？

大四春天，我得参加教育实习，所以回到了老家。那些日子我的头痛药就没离过手。在教职课程上我遇到了一些真的以教师为目标的人，那时我切实地感觉到，自己并不适合做教师。我从来没想过要为谁的人生助力。虽然我自己能感到学习的快乐与成就感，但我根本就没预想过，自己会想为别人取得的成果而满足，或是想与别人共享同一份感动。

本来站在讲台上，就已经开始渐渐有了不开心的感觉。但回到家见到那个人时，她既完全看不出我因为头痛而脸色很差，也完全看不出我因为模拟教学不顺利而在烦恼着，只是不停地念叨着你爸爸如何如何。她一股脑扔给我的这些故事，我也听不出有多少是真实的，反正全都像是热血电视剧的某一幕剧情。

我忍无可忍了。

"妈妈，我其实一直想成为小说家的，我想搞文学创作。"

我一边观察着那个人的脸色，一边对她讲出了实话。我有些许期待，既然她一直逼着我读一些文学小说，搞不好现在能理解我的想法吧？

"诶呀，这样吗？说起来，我也经常听说有人一边当国语老师，一边写小说。"

她说这话时的语气很愉快，我本来在这里闭嘴就可以了。可那剧烈的疼痛就像不让我说出真心话就不罢休一样折磨着我。于是我说了出来：

"我不是这个意思。我是说我不想当教师，那工作不适合我。我仅仅是想做小说家。从以前开始，我一直，一直都是这么想的！"

那个人的表情因悲伤而扭曲了起来：

"你快别说傻话了。妈妈努力至今是为了什么？咱们家又不是什么富裕家庭。为了能让弓香成为教师，我明明那样努力地将你送进大学……小说家？你这是在说什么傻话？说到底，你要真是从以前开始就想这么做，那你学生时代就成为小说家了不是吗？你明明有的是时间不是吗？那你写过一篇作品吗？你投过稿吗？有过哪怕一次差点出书的机会吗？"

"我是想写啊！但我在宿舍里又没什么可以独处的时间！"

"你是想说这是因为妈妈不让你住公寓？这是妈妈的错啰？这要多少钱？我还要为了你多努力啊？"

"对不起。"

我像平时一样道歉了，但唯独这次，事情并没有顺着那个人的心愿发展。因为我按照她的指示去参加了教师录用考试，但并没有合格。到最后，那人全部的努力，都被否定了。

但是她既没有愤怒，也没有哭泣。她鼓励我说："能一次就考过录用考试的人才是稀有动物。我会托人帮你找找讲师的职位的，所以安心地把剩下的学生生活快乐地过完,然后就回老家吧。"她就这样编织出了一套新的剧情。

结果讲师的职位并无空缺,取而代之的职位是市政府观光部门的临时职员。星探就是在那里挖掘到我的,所以从某种意义上讲,现在的我能成为演员,可以说是在那个人铺设的铁轨的延长线上。当然了,那个人激烈地反对我离开家进入演艺圈。我想像以前那样对她说一句"对不起"。但有一件事,让我没把这三个字说出口,反而从身后推了我一把,那就是理穗结婚的事情。

倒不是说看到理穗对她母亲言听计从,最后和不喜欢的人结婚以后,我觉得自己不想成为那样。理穗和父母替她决定的结婚对象一直交往到收聘礼为止,然后就和自己喜欢的人私奔了。这引起了很大的骚乱,婚事也因此告吹,后来理穗就顺势和私奔对象结婚了。

她的斗争,赢得了胜利。我也暗下决心,要把这变成让我逃离支配的关键时刻。然后我听完那个人交杂着悲伤与愤怒的表演之后,并没有如往常一样说出那句"对不起",而是这样说道:

"我不是妈妈的奴隶!"

那个人在片刻之间,像是忘记了呼吸一样看着我,似乎是在脑中一遍遍反刍着我刚说的话。这时我搜肠刮肚,思考着说什么话能最大程度地伤害到她:

"我已经受够了。我不想再陪你玩这种扮演悲剧女主角的游戏了。"

说这话时,我的声音就像我是一口气将腹中所有脏东西都吐了出来一样。

但即使如此,她却至今还在扮演着悲剧女主角。她又编织出了另一套剧情——一位母亲,深深祈祷着背井离乡到远方打拼的女儿能够成功。

我的头痛没有停止。我的眼前开始黑白交替着闪烁。这种疼痛是无法靠药物来抑制的。从一开始,药物就仅仅是安慰剂罢了。

白、黑、白、黑……想要从这疼痛中得到解放,就必须去斗争!斗争!斗争!你应该要用什么手段的……

发件人:野上理穗　主题:讣告

亥子会的各位朋友:

昨天,藤吉弓香的母亲去世了。网上已经有一些人撰写文章指称:因为弓香多次在电视节目上发表"毒亲"的故事,并围绕着这些故事出版了书籍,她的母亲因此遭受打击而"自杀"。请各位千万不要听信这些谣言。

那是一场交通事故。

关于葬礼的安排,目前还在咨询弓香所在的事务所。

如果情况允许,因为弓香的母亲一直支持着同窗会的活动,我认为应当以亥子会的名义向她献花。届时,费用将会从亥子会的活动基金中支出,恳请大家理解支持。

弓香的母亲平素就一直在为弓香的活跃而欣喜。无论是多么麻烦的工作,譬如拜访本地的粉丝俱乐部,或是参加町内会的志愿者活动,她都带着笑容,任劳任怨。

据说,她正是因为忙于这些活动而疲劳过度,看错了交通指示灯。

弓香的母亲一直支持着藤吉弓香,而亥子会全体成员也应当继承她的遗志,继续支持藤吉弓香。

完美母亲

希望自己的孩子能够幸福这种事,为什么非要被外人说三道四不可呢?

任何一个父母,在知道自己有了小孩的那个瞬间,就会把孩子放到比自己更重要的位置上吧?有时甚至会赌上性命。

如果能平安长大就好了。如果能健康长大就好了。

孩子健康长大了以后去医院体检时,听医生说孩子没有发育不良,这的确让我松了一口气。但如果其他的孩子能做到我孩子做不到的事,譬如说充满力气地翻身,或是好好地坐起来,我的心头还是会涌起不安,甚至开始羡慕别人家的孩子。

即使有这种心情,我也会不动声色地告诉自己,这种情况有个人差异也是正常情况。但这样回到家以后,不知怎么,我还是会拿孩子喜欢的玩偶或是玩具,来诱导孩子做出那些令我羡慕的行为。

孩子两三岁的时候,令我在意的就不仅仅是身体发育的问题了。和孩子两个人面对面时,孩子能好好地说话,仅仅是这种程度就令我备感欣慰了。而带孩子去参加幼儿教室的免费体验课程时,大概是因为我孩子的耳朵比其他孩子更好使吧,即使是初次听到的英语单词,她也能准确地发音。

有位不知道名字叫什么的母亲夸奖了一句:"真厉害啊。"我知道这只是客套话，但还是忍不住露出微笑。我一边想着，也必须夸奖一下这人的孩子才好，一边高高在上地望着以我孩子为中心的那群小孩。

我的孩子很有才。我沉浸于那份优越感中，心里萌生了一种念头，想让她去上真正的英语口语教室。

我初中和高中的英语成绩都不是很好。但这并非因为我没有学习语言的天赋。当时大部分孩子都会去补习班，而我家里经济条件不太好，没有钱去补习班。可是学校的老师，却默认孩子们都去上补习班，教学内容很超前，导致我从基础阶段就跟不上了。

虽然说我也有一门功课很优秀，但国语优秀和英语优秀，给人的感觉完全不同。我很擅长国语，周围人都觉得我是个内向的人，即使是课间休息时也在一个人读书。但擅长英语的Ａ子却给人一种时髦且开朗的印象，教室里面经常形成一个以她为轴心的圆圈，而她就像是班集体的领袖一样。

我二十多岁快三十岁的时候，去参加了一次同窗会。那次Ａ子并不在场，可当天讨论最为显眼且热烈的话题，还是她当上了空中小姐（现在一般叫空乘）那件事。每次听周围的人说"好厉害啊"的时候，我都觉得在办事处的工作太无聊了。

班上的女孩中，只有我和她两个人考上了四年制的大学。所以参加同窗会时，我也是挺直了腰板儿的。但为什么待遇却如此不同呢？是英语的缘故。诶呀，想当初我要是也能去上补习班，现在一定……

我这么想着，就想到了我的孩子。我不想让自己的孩子也遭遇我这种悲惨，感到我这种后悔。当时我的女儿连日语都说不利索，我就送她去上了车站附近的英语口语课。"我不想学了。"面对女儿这种丧气话，我对她说："虽然现在辛苦一些，但以后可是有大用的。所以你要继续加油啊。"这样的我……就算是毒亲（说到底这个词是什么时候开始流行的？总觉得用这个词的人都只是在赶时髦罢了，我自己实在不太想用这个词）了吗？

成为了空乘，在世界上广阔的天空中活跃时，我的女儿会觉得自己小时候是被母亲支配了吗？

假如她的心中真怀着类似的感情，我倒是希望她能将这种积蓄已久的憎恨面对面直接告诉我。那时候，我也许会眼前一黑，一边哭着一边向她怒吼："我这都是为你好啊！"我也许会紧抓着她说："那你到底希望我怎么做啊！"我也许会不由自主地扇她一巴掌。我也许会觉得，这样对待自己的女儿，我果真是个毒亲。

但是，即使事情变成那样，这也是我和女儿之间的问题，是家庭内的问题。我们两个人谈就好了，在自己家里谈就够了。

如果是我女儿，应该是会这么做的。所以我才不懂。

我朋友的女儿，不对，没必要隐去她的姓名。女演员藤吉弓香，为什么要在电视里、在书中，向整个日本宣传这件事呢？那些毫无关系的人会推测说：她的母亲是不是一个讲不通道理的人呢？她是不是除此之外没有其他办法可以控诉了呢？针对这种想法，我有一些问题：

那真的是剩下的唯一方法了吗？弓香有没有过哪怕一次，鼓起勇气直接对母亲诉说自己苦恼呢？

我是弓香的母亲——藤吉佳香——的朋友。但我也并不知道她所有的情况。我比她年长，所以也希望如果她遇到什么困难，能够没什么顾虑地依靠我。但即使我偶尔这样告诉佳香，她也不是那种简单说一句"好的好的"，就来和我撒娇的人。

她丈夫死得早，作为一个女人，独自将弓香养大，个中艰辛无法想象。但我从没听她抱怨过什么。因此，佳香确实有可能没办法找别人商量自己和女儿之间的关系，但她绝不是个说不通道理的人。她也绝不是一个会把自己的想法单方面强加给别人的人。她只是个很拘谨的人。

难道弓香是在从没告诉过母亲自己心情的情况下，就突然把自己心目中和母亲的关系向全日本公开了吗？

如果真是这样，那我认为这是相当卑劣的行为。弓香作为一个演员，是有能力向全国发声的。但是，佳香却没这个能力。也许有人会想，在网络上发声不就好了？可无论发表在哪里，又有多少人的视线会在一般人的发言上停留呢？

弓香就是看准了对手无法反驳这一点，将自己摆在了毒亲受害者的位置上。

这种行为难道可以被原谅吗？

我握着自己专用小轿车的方向盘，在通往隔壁町的国道上行驶着。路上车流量很小，我百无聊赖地开车，心中想起大约一个月前，婆婆交给我的一份原稿。

那份原稿写满了六张四百字的稿纸，应该是夜里在苦闷中写成的文章。她等我丈夫出门上班以后，把稿纸给了我，我带着"这要什么时候看呢"的表情回望她，她说："你不忙的时候读一下就好。"但眼神中却写满了"立刻就读完吧。"

她开了一家日托中心，当了几十年的法人。所以她经常会把要在什么演讲会上发表的讲稿交给我读。这次也如往常一样吧。可她要是对家务事和养孩子的方法有什么不满，直接跟我说出来就好了，何必要绕远用这么麻烦的手段。但她这次没像往常一样，在给我原稿前加上一句："写的可不是你的事哦。"我觉得她只是单纯忘了说。

没办法，我赶紧在这个适合洗衣服的、柔和的午前日光中，去了我们夫妻专用的房间，端起一杯温暖的红茶，读起了稿子。

"这是什么啊？"我不由自主地出声道。

她要批驳的对象不是我，而是演员藤吉弓香。不对，不是作为演员的藤吉弓香，而是作为将她的好友逼死于交通事故的那位女儿——藤吉弓香。

弓香的母亲——藤吉佳香在遭遇交通事故之前，婆婆就在电视上听到了弓香控诉毒亲的发言。当时她皱起眉头说："为什么要在外人面前说自己母亲的坏话啊？"

"我不想点名，但这世上还有更为恶毒的父母。既然如此，要她成为教师也好、要她读书也好、替她选择朋友也好、禁止她和男孩子玩到太晚也好，这种事情真的谈得上是束缚和支配吗？那孩子和电视台到底在干什么呢？如果那样一位谦逊的、努力拼搏的人都会被当成坏蛋，那我早晚也会被世人这样看待吧？哎，咱们家里没什么名人，所以应该不会搞得那么夸张。但佳香要是一时想不开自杀了可怎么办啊？"

她看着电视，但我觉得，她像是在对我说话。婆婆知道我和弓香是同级生，也知道我因为同窗会的事情和她有邮件往来。另外，在弓香开始控诉毒亲之前，我们还一起看了那个猜谜节目。结束后，婆婆开心地和我说："你给她发个邮件祝贺她获得亚军吧？"在那个时候，她也在支持着弓香的演艺事业。

"弓香可真孝顺啊。佳香的辛劳算是没白费。"

听她说这些话的时候，我在心里咒骂着："对对对，都怪我不是大明星。"我知道，这时候我要是回她说："我大姑子不是在做空乘吗？"她肯定特别高兴，但我绝不这么说。她从来都没夸过我，我凭什么主动说让她开心的话。

但是有时候，我也会听到婆婆在拿我来和客人炫耀。

"我们家理穗啊，可是藤吉弓香的挚友。这种大明星都觉得和老同学联络很麻烦吧，但理穗就能好好和弓香联系啊。这可是深受大家信赖呢。虽然她看上去是个不中用的大小姐，但是其实是很靠谱的呢。哎，虽然第一个察觉到这一点的是我们家翔也……"

虽然说到最后还是在替她自己的儿子吹牛，但我听了还是很开心。不过弓香在电视上控诉过毒亲以后，婆婆经常绕着弯子来和我说："你和弓香还是不是好朋友啊？你们还有没有继续邮件往来啊？"之类的。感觉就是要我多多注意弓香。

但我和她说得很清楚，我和弓香已经没再联系了。

她不打算参加同窗会，我发邮件再催促了一次，之后又往来了几封邮件，再之后我发邮件她也不回，打电话也打不通。我当时觉得，她大概是嫌烦，就把我给拉黑了吧。我还很生气，又不是非要拉着她来同学会，何必要把事做绝。现在想来，她大概是控诉完毒亲之后，为了躲避母亲的联系，而把手机和邮箱号都换掉了吧。

然而就在一周前，弓香突然给我打了个电话，说无论如何都想要见我一面。

我有点紧张，怕那篇令人"稍微对弓香改变了看法"的文章，被她找到了出处。我推辞说自己要照顾孩子，没时间去见她。但弓香不肯放弃，她纠缠不休地说，我开车到隔壁町，往返只要一小时，和她说话也只要一小时而已。

就算是这样……她开始在电话那边歇斯底里地说什么自己夜不能寐、快要疯掉了。她声音高亢，换气的频率诡异，听了直叫人起鸡皮疙瘩。接着，她从叫喊变成了无力地哭泣，最后就彻底变成了细微的啜泣声。

"能理解我心情的，就只剩下理穗了。"

我从来都没觉得弓香是我的挚友。不如说，有一段时期我看见她的脸就烦。就算这样，回想起我们关系最好的中学时代，那些回忆让我不禁感到一丝酸楚。

她似乎也不是为了骂我一顿才要见我的。

我答应了她见面的请求。她和我说，希望能尽可能避人耳目。丈夫的朋友在隔壁町开了一家民宿，于是我就在那里开了一间房。

弓香想要和我说什么呢？虽然心里有点犯嘀咕，但我还是把女儿志乃托付给婆婆，现在正自己开着车去隔壁町。我不是为了去听朋友说话，而是不太敢拒绝她。万一她被我拒绝以后自杀了，那我肯定睡不好觉了，况且也很不吉利。纵然这也许只是我的想象。纵然我知道弓香不是那么纤细的人。

首先容我说明一下我与藤吉佳香的关系。

我从本地的女子大学毕业以后，就去了市政府工作。是社会福利部门的窗口接待员，负责受理托儿所相关的申请。

电视里经常提到"待机儿童①"这个词，每次都说得像是城里人的问题一样，我觉得很奇怪。毕竟在我们乡下，也同样有不少待机儿童。

首先是因为托儿所的数量很少，年轻的母亲们希望增加托儿所招收人数和增加托儿所数量的呼声越来越高，但市政府却完全没有任何动作。议员们大都是一群岁数很大的男性，只会甩下一句："让孩子的爷爷奶奶照顾不就好了。"大家也同样迫切盼望着能建个公园，但议员们对此也只是回答说："本地风光宜人、水土丰美，何必建什么公园，到野山里去玩啊。"

也不知道这群人到底是从哪个时代开始就放弃思考了。遇到那些必须把孩子托付给婆婆的情况时，女人的脸面有多

---

① 待机儿童，指那些申请进入托儿所，却因为托儿所人手不足等原因无法进入的儿童。

挂不住,男人是不会懂的。他们选举的时候高呼着要招商引资、增建工厂,却想都没想过也会有更多居民跟着迁徙过来。

抱歉,我不是来控诉这些事情的。扯这些有的没的,回头又要被我儿媳妇念叨了。

孩子好不容易进入了托儿所,托儿所还没有日托时间延长的服务。市内的托儿所全都是晚上五点半就关门。我这里情况也一样,生下长女以后,早早地就办理好了入所手续,好让我能继续上班工作。但也不知道有多少次,我下班后要跑着去接孩子。不止如此,孩子经常有个头疼脑热,我也要被叫到托儿所。类似这样的事情,丈夫也不帮忙,婆婆净忙着在我耳边碎嘴,到最后我只能把工作辞了,专心养小孩。

但这样一来,我的时间就富裕了起来。我才可以和本地的朋友们一起带着孩子优雅地游玩。我当时想,这样不是很好吗?也因此产生了"自己是不是可以参加社会活动"的念头,这让我有些不安。

我的朋友们或多或少都抱着这样的念头:要不要开设一所像托儿所那样的设施呢?我们便宜租下了商店街上的一间空店面,五个朋友一起开设了一家日托中心,起名叫"妈妈之家"。从三个月大的宝宝,到三年级的小学生,一小时五百日元,早八点到晚八点之间,想托付给我们多久都可以。我们就盘算着这样一个工作。

钱不是目的。我把自家孩子也放到这里就最好了,毕竟比起那个被婆婆镇守着的家,这里要轻松多了。

"我今天上晚班,会和孩子们一起在托儿所吃咖喱。所以婆婆你们就请随便做点自己爱吃的吧。"

好像有点跑题了。

当时佳香是我们"妈妈之家"的常客。

她是在学校里做事务员的。我们也提供接送孩子的服务,所以佳香需要加班时,就给我们打个电话。那时我们就会在晚上五点去托儿所,把弓香接来"妈妈之家",一直照顾她到佳香下班为止。

员工们和员工的孩子们,晚餐都吃咖喱。到了每天的晚餐时间,要是还有些孩子没有被接走,那我们也会免费让这些孩子一起吃。这种事情多到数不胜数,所以我们也没有特意去收钱的打算。

但佳香并不这么想,她要付给我咖喱的钱。佳香说本来能让她把孩子托付在这里,就已经很感激了,再让孩子蹭一顿晚饭,实在不好意思。话虽如此,可要是收了佳香的钱,其他家长也就不得不交钱了。这样一来,孩子们就要等到离开日托中心以后才能吃上饭。事情变成那样的话,孩子们一定接受不了吧。

于是我就谢绝了佳香的钱。此后,如果弓香在我们这里吃了咖喱,那么第二天,佳香一定会给日托中心的大家带来点心或是水果。她都做到了这个分上,我要是还客气的话,恐怕会让佳香很难放下面子来接受服务了,所以我决定怀着感激收下这些礼物。

佳香就是这样一个人。

弓香曾经哭着跟我控诉说,她去朋友(你说巧不巧,她当时的朋友就是我现在的儿媳妇)家里吃了顿饭而已,就被母亲严厉地斥责了一顿。但这可不是因为佳香讨厌自己的孩子,她只是脾气秉性如此罢了。

不过,弓香小时候,曾经有一次和我说了这种话:

"妈妈做的咖喱不好吃。里面的蔬菜又大又硬。"

我当时想,这肯定是因为佳香太忙了,没时间好好做饭。但跟小孩子说这些,她也听不明白不是吗?所以我这样回答她:

"她是为了能让你尝得出蔬菜原本的美味,才这样的做吧?"

我要是没这么笨拙地蒙混过关,而是好好告诉她理由,也许会好很多吧?当然了,这些事我没告诉佳香。之后佳香来接孩子的时候,我和她讲了别的事情。

"弓香很擅长读书哦。"

因为我很喜欢读书,所以也在"妈妈之家"里放了很多绘本和儿童文学。弓香在上小学之前就认识一些简单的汉字了。其他孩子夸奖她厉害,她就得意地给大家朗读了起来。而且是堂堂正正地朗读。

后来,周围的人知道弓香成为演员以后,都觉得很惊奇,因为她看起来很老实。但我觉得,这不是什么意料之外的事。每一位来接孩子的母亲,都会问我们,今天自家孩子过得怎么样。为了能够替她们缓解那份担心，我们这些员工就会把孩子今天最棒的故事讲给她们听。因此我就把弓香读书的事情告诉了佳香。

听了这番话，佳香脸上的表情别提有多高兴了。佳香明明是一个做事态度谨小慎微的人，可这时她也不谦虚了，开心地给我讲起了那些我根本就没问的事情。

佳香说她丈夫已经死了。她说她丈夫是高中语文老师。她说弓香出生的时候，丈夫买了日本文学全集和世界文学全集来当做纪念。她说，这些藏书，丈夫在自己的老家都是有的，但这次专门买了新书，就是希望以后弓香去读这些书的时候，可以怀着崭新的心情来感受那些故事。她说，当她的丈夫说这些话时，一直爱抚着弓香的头。

而弓香却做了那样把母亲当傻子的发言。我想，佳香没有去看过那些书，是因为想要继承丈夫的遗志。而且说到底，我认为她那时也没那个闲工夫去读书。

"这样的话，弓香以后也许也会成为一个语文老师呢。"

我这样对佳香说道。

"是啊，要真能这样，那就太好了。"

虽然佳香这样回答了我，但这绝不是因为她将亡夫的身影投射在了女儿身上。佳香自己没有一项吃饭的手艺能傍身，虽然说她是学校的事务员，但也不是正式职工，而是每年都得重新签合同的临时工。要是有教师资格证就好了，要是有护士或美容师的资格证就好了——她一直因此而感到遗憾。

忘了是在弓香几年级的时候了，有一次佳香很少见地跟我抱怨说："我还想为弓香多做些各种各样的事情啊。"我当时拍着她的肩膀，用为她加油的语气说道：

"你们家不是有那么多书吗？那可是金山银山啊。"

佳香有气无力地说了一句："谢谢你。"说完，她悄悄用手指揉了揉眼睛。

父母不能让孩子去读书吗？明明在我小时候，大人们就一直在和我说，读书会变得聪明。

父母不能为孩子将来的职业规划做建议吗？不能拜托孩子继承父辈的家业吗？我觉得毕业以后要工作，这是理所当然的吧？难道还不能逼着孩子去找一份工作吗？

如果这就叫做支配，如果这就叫做毒亲，那不这么做的父母该叫什么？

完美母亲吗？那好啊，我倒是想知道知道，完美母亲的孩子被养育成了多么能干、多么正直的人啊？

弓香在猜谜节目上，对各种难题应答如流。她还尤其擅长语文相关的问题。她能做到那种程度，到底是谁的功劳呢？还是说即使在节目里回答问题的时候，她也在回忆着母亲的命令与支配，忍耐着强烈的头疼吗？

至少我可不觉得她在节目里是那样的。

婆婆写出这篇抗议书，或者说叫手记，是为了帮自己那位被一面之词污蔑为恶人的朋友沉冤昭雪。我感觉这是一篇从婆婆特有的正义感中诞生的文书。平时看那些很好懂的电视剧时，我倒是也不太会有共鸣。但读完这篇手记，我却觉得能够感同身受。

我作为弓香的朋友，和她一起读初中和高中的时候，一次都没见过弓香的母亲（我叫她藤吉阿姨）。我们只通过一次电话。我一直根据弓香的描述，想象藤吉阿姨是一个很严厉的人，战战兢兢地接过了电话听筒。但听筒那一边的声音却十分温柔，当我告诉她我的名字时，她甚至和我说："谢谢你一直做弓香的朋友。"

我第一次亲眼见到弓香母亲的样子，是结婚以后的事了。我带着女儿志乃，和婆婆一起去了附近的商场购物。这时候，一位苗条且温柔的女士走过来问候了我的婆婆。我一点兴趣都没有，也没听两个人在聊什么，低头哄着志乃。这时，婆婆却突然用很开心的声音说："诶呀，这样吗？"我听了，转过身，就看到婆婆说："理穗和弓香以前是挚友来着啊。"她说完，就把眼前的女士介绍给了我，那就是弓香的母亲。

自那以后，即使婆婆不在场的时候，藤吉阿姨也会叫住我，和我打招呼。在商场里遇到她的时候比较多。她发现我和志乃在一起的时候，她就经常会去买些点心，然后叫住志乃，把点心塞给她。如果我们说："这真是太不好意思了。"她就会对志乃露出一个柔和的笑容，然后说："你婆婆真的为我做了很多事，就让我报答给志乃吧。"然后她夸奖道："你女儿真可爱。"

弓香说："因为有她在，我才不想回到老家。"但我无论如何，也没办法把弓香口中的人与我眼前的人重合到一起去。话虽如此，但母女之间相处的时候，也许存在着一些外人没办法知道的嫌隙。

我自己对此也深有感触，所以倒也不打算否认弓香的说法……

可是弓香在电视里对自己的母亲大放厥词时，她是不是完全没有想象过，自己的母亲听了那些话会是怎么样的表情呢？

婆婆对我说，她想把这片抗议书发到网上。她这么说，是因为她知道我有一个个人博客。她大概是不知道除此之外还有什么能在网上发表见解的渠道吧。她想要把这篇文章发表到网上，这样就能向全日本的民众传播真相。这想法是好的。但是，我的博客就是用来写写读书感想、评论一下附近咖啡店的博客，实在不会有什么阅读量。用这个博客来公之于众，效果等于没有。

所以说，现在放弃就等于自己钻到被窝里哭。但想在这个广阔的世界中传播自己的看法，并不是没有办法。

我突然想起来，自己的钱包里除了一堆积点卡，还有一张名片。

弓香在控诉毒亲的时候，来了个专门搜集街头巷尾的流言蜚语的周刊杂志记者，说要来为藤吉阿姨的事情进行采访。当时也不知道是町里的谁告诉这人，说我是弓香的朋友，结果我就被这位记者找上门了，名片也是那时候拿到的。

我就应该直接让这人滚蛋，可对方像是为了避免让我这么做一样，开始皮笑肉不笑地聊起了天气，以及对这个町的印象。他一边避免让我有愤怒的机会，一边把话题引入了正规。即使如此，我对于那些关于藤吉阿姨的问题，也只是一遍遍重复着："她是个温柔的人哦。"也许是这样太没意思了，记者突然投出了一记变化球。

"话说回来,藤吉弓香小姐说了很多次,自己的挚友也被毒亲支配过。难不成那说的是野上小姐?"

我要是现在发火,就相当于承认了。但面对这种发言,谁又能忍住不发火呢?

"我的母亲可不是什么毒亲!"

我这样说完,就用双手推着记者的胸口,把那位身材纤细的记者推出了玄关,然后大声关上了门。

虽然我不想再见到那个家伙的脸,但那个家伙在供稿的周刊杂志,每周都会有大幅广告刊登在报纸上。这份杂志里那些夸张的、有趣的或是奇怪的文章,我不知不觉就会读完。除此之外,没有其他可以为藤吉阿姨平反的舞台了。我一边回想着藤吉阿姨温和的笑容,一边向名片上的邮箱地址发出了一封邮件,说我想送去一篇文章,希望对方能阅读一下。

话虽如此,但婆婆写的东西有八成都是在替她当上空乘的女儿吹牛,不对,她是在赞美能让女儿当上空乘的自己。那个记者大概不会对这种东西感兴趣吧。既然如此我就修订一下,顺便追加了点内容。

首先,关于婆婆和藤吉阿姨的关系,写法上要再增加一些可信度才好。其次,关于弓香列举出的那些毒亲行为,不要用抽象的描写,而用具体的例子来反驳她,这样写才是最好的。

要是写一堆辱骂弓香的语言,那这文章就沦为互撕底裤了。想要抹去藤吉阿姨身上毒亲的印象,就要用母亲的视角,来描绘她作为母亲的艰辛,这样身处同样立场的读者,应该也会对此感到赞同。

因为弓香她不明白"母亲"的感受啊。

就让婆婆来代替藤吉阿姨，让弓香明白母亲的真心吧。请写出这样的心情吧。能做到这种事的，就只有婆婆了。

我仅仅是因为不想和家长替我选好的对象结婚，就把别人家的好儿子骗走私奔了，这件事一直让婆婆觉得很丢人。面对对我怀有这种情绪的婆婆，我第一次在心中和她握了手。看来这件事，我还必须感谢弓香才行。

我看到了民宿的标志——结着赤红果实的南天竹。

【藤吉弓香围绕"毒亲"的发言是为了博出位？在母亲的葬礼上说"真·是·活·该"】

【斥责深夜晚归的女儿就被认定为毒亲？母亲们的血泪控诉】

【在当地居民的口中，藤吉佳香其人宛如"完美母亲"】

这幢古老的木质住宅，与其说是什么古民房民宿，不如说像是我小时候去过的朋友家。我走到二层最里面的房间前，敲了敲门。我丈夫的朋友，也是民宿的主人和我说，我那位朋友已经先行抵达了，所以我等着她从里面开门。

门缓缓打开，弓香站在面前。明明在房间里，她却戴了一顶织得很松的针织帽和一副巨大的茶色太阳眼镜。我算是明白了，为什么刚才民宿主人和我说："您朋友到了……"的时候，表情那么兴味盎然。像她这样，即使不搞这种明星变装，仅仅不化妆，大概也能不被注意到吧？但她似乎在这一点上不肯让步，嘴唇上涂满了明亮的粉色唇膏。

"理穗，谢谢你能来。"

我刚一进房间，弓香就抱了过来。同为女人，她身上的香气还是让我一时间怦然心动。但下一个瞬间，我就觉得特别恶心，按着她的双肩，把她推开了。我催促着她快先坐到椅子上，然后脱下大衣，坐到她的对面。弓香也摘下了帽子和太阳眼镜。她甚至还画了眼妆。

"你要点杯咖啡吗？"

我这样问道。弓香沉默地摇了摇头。虽然我很想问她"你找我什么事？"，但我还是等待着弓香自己先开口。好在桌子边上有热水壶和日本茶的套装，我就拿来泡了两杯茶。

弓香察觉到了我的动作，视线一直盯着我手头在做的事。看着我把茶杯送到她面前后，她抬起了头：

"对不起，我没去同窗会。"

"没事，多大点儿事。"

我邀请弓香参加同窗会是去年五月末的事。进入六月以后，弓香开始渐渐地做出控诉毒亲的发言，而后出版《被支配的女儿》这本书是在十月份。藤吉阿姨遭遇交通事故，是在十二月中旬。同窗会是年后的一月三日。大家去神社驱完邪，正在开宴会的时候，弓香要是来了就尴尬了。

"我果然还是应该去的……"

"啊？"

我赶忙用手来挡住嘴里发出的声音。

"我要是和大家一起去驱邪了的话,也许就不会发生这种事了。"

这也不是一句"原来如此啊,都是厄年的错"就能让自己接受了,然后解决掉的事情吧。我抑制住自己的想法,等待她的下一句话。

"那个,嫌疑人是谁啊?"

吓死我了。她现在是在试探我咯?那我就绝对不能躲开弓香的视线。

"什么嫌疑人?"

我装傻似的反问道。对了,在弓香印象里,我肯定有些许天然呆的成分,是以前那个傻乎乎的女孩。我扮演好这样的角色,应该行得通。

"把我卖给周刊杂志的嫌疑人啊。有人散布谣言,说我的母亲是个完美母亲,而我将那样的母亲逼到自杀了,那个人到底是谁?"

话音刚落,弓香就用双手猛砸桌子。弓香茶碗里的茶因此溅了出来。我难得给你泡的茶啊……现在也不是说这个的时候。

弓香什么也没看见。

仅从她的表情上来判断,应该是还没怀疑到我和婆婆身上。周刊杂志上只写了"认识藤吉女士很久的当地居民"而已,就算她读了这篇文章,恐怕也不会想到可能是小时候去过的日托中心员工吧?

弓香也许已经不记得那么久以前的事情了。更何况，她可能只是听经理人给她叙述了一下文章的概要，并没有亲自读过文章。

我仅仅是在网上看到其他做妈妈的朋友说我坏话，就要心跳停止了。所以如果是我的话，大概是不会去读那篇抨击自己的周刊杂志文章的，但是……

弓香完全是把自己当作受害者来看待的。我还满心以为，她被那篇文章和舆论抨击过之后，能够意识到是自己将母亲逼上了绝路，而因此被罪恶感折磨呢。

"本地有那么多人，我也不知道是谁啊。而且，我也经常听到人们说，弓香的母亲是一个特别好的人啊。"

"那都是那个人在外面演出来的。而且还说什么是我把她逼到自杀的！这我可就有话说了，在我把她逼上绝路之前，她就会先在电视台前面埋伏好，然后把我捅死吧。"

"怎么会呢……"

以前，在我发现藤吉阿姨之前，她就已经买好了点心来和我打招呼了。可在藤吉阿姨去世之前，我们偶然擦肩而过时，我向她打招呼，她也过了一会儿才反应过来。她"啊"了一声，像是终于认出了我，然后对我挤出笑容，道了一声好，便离开了。

弓香说出那番控诉毒亲的发言之前就想象着，她的母亲会满怀愤怒地等着她。但藤吉阿姨并没有抱着那样的感情。愤怒是需要能量的。如果藤吉阿姨剩下的能量，还足够支撑她跑到东京的电视台去，那她又为何会死于交通事故呢？

弓香明明是个演员，明明是在周刊杂志抨击她的时候，给她的头衔都是"演技派女演员"的那种演员，为什么会这么缺乏想象力呢？

弓香正看着我的脸。我的脸，现在正作何表情呢？

"我最不甘心的就是，作为母亲唯一的家人，我是最为她的死而感到悲伤的，可是人们却以为我在因此而开心。如果仅仅是这样，那我也就忍了，可他们竟然说我把母亲逼到自杀了。警察不是都说了，这是交通事故吗？"

"你觉得悲伤啊……"

"这不是废话吗？就算她是那种人，那她也是我的母亲啊。"

说到"母亲"二字时，弓香的泪水夺眶而出。她是个演员，所以立刻就可以假哭出来吧？她这是真的感到悲痛吗？这种事随便啦。

但是，有一件事我想告诉她：

"她不是'那种人'。"

"什么……"

弓香看向我，她的眼周被睫毛膏晕染成了纯黑色。我现在才发现，弓香的眼睛原本没有这么大的。虽然说整形是成为女演员的必经之路，但志乃未来要是说自己想整形，我绝对会反对的。志乃的眼睛细长清秀，像她爸爸，我觉得很帅气。藤吉阿姨不是也说过吗，志乃和弓香小时候一模一样。

"藤吉阿姨……弓香的母亲，并不是什么毒亲。"

"你在说什么啊，理穗？"

弓香望着我，眼神像是遭受了残酷的背叛。

"因为我知道真正的毒亲是什么样的！"

"难道你想说，你自己的家长才是毒亲？"

要是我是结婚前那个还不懂得忍耐的人的话，现在应该已经把茶水泼到弓香脸上了。

"虽然你在电视上胡说八道了一堆，但我的妈妈不是什么毒亲。"

"我胡说……理穗你不是因为讨厌那个你妈妈给你找的结婚对象，所以才和人私奔了吗？"

"那只是稍微夸张了点的婚前焦虑症。在我们家，爸爸是有个情妇的。妈妈发现了以后，却担心如果逼得太紧，会被爸爸抛弃。所以她一直假装不知道地过着生活。她需要一个伙伴，她需要一个需要她的人。有的时候，她要是不照顾我，甚至都没办法好好站起来。"

"这我不知道，但，就算那样……"

"闭嘴听我说。有些母亲，看似是尽全力照顾着自己的孩子，实际上是无法离开自己的孩子。如果将她们归类，恐怕也会被归为毒亲。我也曾想像弓香一样去东京上大学，可我刚和家里说完这个想法，妈妈就求我不要抛弃她。没办法，我也只好放弃了。"

"你这不就是成了父母的牺牲品吗？"

"你要是这么想，那也没什么问题。但是，那已经是我十八岁时的事了。我上的是短期大学，期间发生了很多开心的事情。毕业以后，爸爸托关系让我在本地有名的建筑公司就职了。员工旅行的时候，我们这些同年入职的新员工要在宴会上唱歌，所以那些天我每天都去卡拉OK练习。回家时，妈妈总是准备好了茶泡饭等我。那段时间，妈妈说她托付某个大姑大姨，给我安排了一场相亲。见过面以后，我觉得对方也不是我讨厌的类型，就开始交往了。但随着婚礼逐渐临近，我突然意识到了一件事——这个人，和我爸爸很像。"

我喝了口茶润润嗓子，弓香没有插嘴。她听我那些不值一提的抱怨，用冰冷的视线盯着我无名指上的戒指。

若是和与爸爸相似的人结婚了，就会度过和妈妈一样的人生。身边被昂贵的东西包围着，假装成幸福的样子，努力地活下去。我不会和弓香说这些。

"那个时候有一场高中的同窗会。当时我们是抽签选的座位。坐在我旁边的那个人，和我情投意合，后来成了我的丈夫。我和他也没分到过一个班级，他也不是很伶牙俐齿，但不知怎么回事，就是在一起特别开心。我父亲是一个严肃的知识分子，却在外面有情妇，而那孩子与他截然相反，像个傻子似的胸无城府，就是这一点让我觉得特别好。我说，我不想结婚，他就说，那咱们跑了吧。应该也没别人会为了逃婚才买了青春18车票①吧？"

"你母亲，她哭了吗？"

她完全无视了我丈夫的那部分，大概是没什么兴趣吧？虽然我丈夫的母亲，就是她在寻找的嫌疑人。

"哭了啊。她对我说：'安全回到家就好。要是不想结婚，直

---

① 青春18车票，是由JR集团推出限乘车种及使用时间的周游券，适用于JR集团旗下六家旅客铁道公司路线。虽然名为"青春18"，但是并不限制购票者的年龄，也不设儿童优惠票价。

接和妈妈说啊，妈妈就帮你拒绝掉了。'只有爸爸一直愤怒地说我丢人，说要付给人家抚恤金什么的。于是妈妈就对爸爸说：'被你这样的父亲养大，又怎么会对婚姻怀有幻想呢？'妈妈是我的伙伴，我从此确信了这件事。所以啊，十八岁时心里的那些嫌隙，现在都无所谓了。"

弓香看起来完全不感兴趣。我也搞不懂，自己到底为什么要对着这种看起来就讲不通道理的人把自己父母的丑事都和盘托出。但是，我的确有些话，无论如何都想说出来。那些话，如果换一个头脑灵光的人，恐怕一句话就能讲得清楚，但我不行，只能绕着弯子来讲清楚。

"到最后你是来炫耀自己幸福的？有个宽容的母亲可真好呢。在我们家啊，女儿都是高中生了，可还是仅仅因为和别人约了一次会，就挨一耳光呢。以至于我对交男朋友都产生阴影了。话虽如此，大学刚一毕业，她就又转过头来，开始催着我结婚结婚结婚。拿自己女儿当机器人吗？是觉得我身后有个开关，按一下就能切换模式吗？嘴上说着什么幸福幸福幸福，但其实不就只是把即兴的欲求给强加到我身上吗？"

"这个嘛……"

我说觉得这些事早就过了追诉时效，但弓香的字典里似乎没有这个词，连小学时的故事都化作了怨恨。弓香因为约会被骂，这件事是我的错。不对，说到底还是弓香的错。

大概是高中二年级的时候吧？弓香提议说要和我比一比考试的分数。弓香后来把这件事拿到电视上，作为我被母亲支配的故事讲述了一遍。我在电视上看到时,感觉连呼吸都要停止了。

妈妈从来没有严格地要求过我好好学习,弓香说这是因为什么妈妈希望女儿和自己一样笨?说到底,虽然妈妈是那种贵妇短期大学毕业的,但脑子绝对是不笨的。因为直到我上初中,她还能辅导我功课。现在想起来那是真厉害。现在你要让我做一个因数分解,那肯定是完全不会做。

我接受弓香的挑战,是因为她觉得我是傻子,这让我很介意。毕竟考试是不能互相看答案的。她这样擅自对我怀有奇怪的印象,认定我是个傻子,这让我很不甘心,想要做出反击。因此,为了那次考试,我算是非常努力地准备过了。

如果我正如弓香推测的那样输掉了比赛,那么就必须去向喜欢的人告白——这个惩罚游戏也不是很讨厌。因为我很喜欢班上的一个男生,觉得他大概也对我有些好感。所以当时我想,就算我赢了,也会和弓香说:"那我陪你一起去告白吧。"

但是弓香向我喜欢的男生告白了。任何一个男生,被弓香告白,都会很开心的。如果从一开始就是我们喜欢上了同一个男生,那是没办法的事。但她这很明显是在以此来向我泄愤。她举出了一个和我预想中不一样的名字,带着坏笑,对我说:"理穗也向他告白不就好了吗?"然后她就跟我报告了她两情相悦的告白结果。因此我和弓香开始有了距离。并不是因为妈妈让我不要和弓香做朋友,而是因为自己开始讨厌弓香了,所以才不再和她做朋友了。

然后我就听闻了俩人准备约会的消息。我专门挑准了那天傍晚,给弓香家打了个电话。电话那边是她的母亲藤吉阿姨,彼时我还不知道她长什么样子。我说弓香和一个愚蠢、轻浮、与什么女人都肯交往的男生在恋爱，实在很担心。

弓香大概正在想着，我现在沉默着在想什么吧？她像是想"没来这里就好了"似的，夸张地叹了口气：

"那么，你说的那位真正的毒亲，是谁的父母？"

"我不会说是谁的。但那个人让自己的女儿出卖身体，赚钱来供自己从早上喝到晚上。女儿一次次怀上不知道父亲是谁的孩子，然后一次次堕胎。别说是上高中了，她最后连初中也没完整上过……但是我讲出这个人的故事，倒也并不是想说明，这个人做的事比较严重，所以弓香的母亲不算是毒亲。"

"我不是说了吗，举出个极端例子来，然后说这种情况算是毒亲，这种情况不算，说到底谁来界定那条分界线呢？难道说有一条规则存在，说苦难没达到那个级别，就不允许出来发声吗？那这样岂不是有一多半受苦受难的人都只能忍气吞声了？"

感觉现在无论说什么，弓香都听不进去了。这个人归根结底其实是没有苦痛的。只有她作为女演员的人气下降、得不到想要的角色、人生发展不顺利时，她才会觉得一切都是母亲的错。然后她装成痛苦的样子，把人生不顺利都归咎于自己以外的原因，在无意识中陷入自己的臆想。

"那个，如果你还有时间的话，我们一起去扫墓吧？"

说实话，弓香那些破事我真的不想管了，但我为什么还是向她提出了这个邀约呢？弓香皱起了眉头："我母亲的墓？"

"不是。"

我甚至不知道藤吉阿姨被安葬在哪里。葬礼是由弓香的演艺事务所一手包办的，我听说是场家族内的小型葬礼，我也不知道是在本地举行的，还是在东京举行的。婆婆也发牢骚说，自己连根香都没地方去上。

"算了……"

"不对，你要带我去的，是真里亚的墓吧？"

我刚想放弃，弓香却猜出来了。但是我邀请弓香去那里，可不是为了让她在坟前说一句："抱歉没陪你吃煎蛋卷。"

"那个，难道说刚才那个毒亲的故事，是真里亚的……"

弓香的表情因为悲伤而扭曲了。当初她要是肯多和真里亚相处一下，就能更早察觉到这桩惨剧。她既不想同情，也不去理解，活在电视剧当中，理解别人说话时将对方当做异世界来的人，拒绝别人的心靠近自己的心之后，又露出一副对什么都感到悲悯的表情。

这不是傻子吗？我用叹息将这句话憋了回去，沉默地站起身，穿上了大衣。

【让孩子们回避危险，将他们引导到安全的道路上，这难道不是父母的责任吗？（50岁以上　女性　有3个孩子）】

【如果知道了孩子的朋友是个小偷，或是个瘾君子，难道也不能告诉孩子，应该与他的朋友绝交吗？（30岁以上　女性　有1个孩子）】

【我认为，除非孩子成为父母，否则他无法意识到自己一直受

到父母的保护。（40岁以上　男性）】

　　离开民宿的时候，弓香又把帽子深深地罩在了头上，还戴上了太阳镜。但那座市营墓地在街道的尽头，除了我们之外也看不到谁的身影。到了墓前，弓香就把太阳镜给摘了下来，望着墓碑，露出了惊讶的表情。那里供奉着的白菊，大都还很新鲜。在弓香的想象中，这一定是一座更为凄凉的墓。

　　"好像是因为真里亚的未婚夫每个月命日①都会来呢。"

　　我还没等她提问，就直接回答了。弓香听到"未婚夫"这个词时，眉毛动了一下，像是在思量什么似的，低头看起了脚。一定是刚才在民宿里，她听到的那个被毒亲踩躏的真里亚，和每个月命日都来供奉白菊的未婚夫，在她脑内没办法联系到一起吧。

　　"真里亚努力过了哦。虽然遭遇了母亲那样残酷的对待，但她都没有表现出来，而是摆出一副开朗的样子。"

　　"理穗为什么会知道这些事呢？"

　　"因为从我高二那年开始，真里亚就去了我父亲的公司，做事务员。"

　　真里亚连初中都没读完，父亲却录用了她。我不想去细想其中的缘故，姑且当他是因为同情自己女儿的同级生。

　　"幸运的是……我不知道真里亚觉不觉得这是幸运，但我觉得是幸运——真里亚的母亲跟着男人跑了。于是真里亚认真工作，

---

① 月命日，日本佛教传统，每月都要供奉逝者，一年十二次。

最终过上了自立的生活。"

"你要是知道这些事，当初告诉我就好了。因为我啊，一直都很挂心真里亚的事情。"

真的是这样吗？

"另外，你通知我真里亚去世的消息时，为什么说我不去献花比较好呢？难道说，是因为真里亚一直都恨着我吗？喂，是这样的吧？无论你说什么我都能平静接受，所以告诉我真相吧？理穗是不是从真里亚那里听说过我背叛她的事情了？"

我真的后悔把弓香带到这里来了。她怎么就理解不了呢？是她根本不去理解吧。

"真里亚不是那种孩子！我出社会以后，只和真里亚聊过一次弓香。她说你能成为女演员可真厉害，说大家都意识到了你的演技过人，还说早晚有一天你绝对会成为能代表日本的影后。我从来都没听过真里亚说谁的坏话。也许她是觉得我承受能力有限吧，即使是对那么残忍的母亲，我也未曾听过她口出恶言。她明明遭到那么残酷的对待……可在交给未婚夫的信中，她却写着，希望他能原谅自己的母亲。"

"真里亚是为什么自杀的？"

"真里亚一直都在认真工作。因为她长得很漂亮嘛，也就特别受欢迎，但她全都拒绝了。但是，大约三年前，有一位经常出入我们公司的银行营业员对她展开了猛烈攻势，俩人就此交往了。她们庆祝订婚时也邀请了我，那个男人说，真里亚不打算办婚礼，希望我能说服她。最后，计划就变成了两个人一起去夏威夷举办二人婚礼……"

我从包里拿出了手帕,用来擦眼泪。弓香的目光显出了急不可待,等着我快点讲下去。她只觉得自己的泪水很美,却对别人的泪水没有兴趣。

"但她母亲回来了。"

我觉得她大概是听说女儿要和银行员工结婚,就赶回来了。至于是谁走漏的这个风声,我实在不愿意细想。

"她母亲向她未婚夫讨钱,未婚夫非但不给钱,还催促真里亚赶快和她母亲断绝关系。她母亲被反将一军,就开始在她未婚夫工作的银行大厅里宣传,说真里亚从初中开始就出卖身体,因为堕过很多次胎,所以现在真里亚已经没办法生小孩了。"

"好过分……"

"未婚夫知道真里亚生不了孩子这件事,但是出卖身体……不对,是被人出卖身体这件事,他是不知情的。我也一样,虽然以前就听说真里亚的母亲出卖身体来谋生,但也总觉得是大人们之间的流言蜚语。但我实在没想到,竟然连真里亚也被迫做这种事情。我感到难为情,因为自己一直就这样一无所知地将真里亚当作一个普通的同级生来看待。即使我知道了真相,也并不会因此而轻蔑地看待真里亚。只是,真里亚太可怜了。若是觉得对方很可怜,就很容易变成用高高在上的眼光去对待她,成为一个说话自以为是的人。但会觉得她可怜,也是没办法事情。然而,只是觉得可怜,是帮不到她的。"

"未婚夫呢?即使真里亚受了伤,但只要他能够接受,不也就不至于自杀了吗?"

看吧,她开始讲大道理了。她那夸张的语气,像是午间剧的场景一样。反正是打算挑一个好懂的人来当故事的反派就对了。

"你这是有心理准备,如果是你的话就一定能接受,然后才这么说的吗?你说这话的时候,有没有试着去想象,自己站在真里亚的立场上或是未婚夫的立场上会怎么做呢?"

"这些都……"

那位未婚夫在严肃的葬礼上哭得一塌糊涂,脸都哭歪了。他一边从喉咙中挤出声音,一边不知道和谁倾诉着:"我明明已经告诉过真里亚,我不在乎她的过去了。"我不知道这是不是事实,但说到底,必须被谴责的也不是这位未婚夫。

那个应该被谴责的人,对那位未婚夫说:"香典①是在这里的吧?"

真里亚的葬礼之后,无论是我,还是町里我认识的其他人,都没再见过真里亚的母亲。就算谁一不小心冒出一句:"要是她死在哪儿就好了。"也没人会叫他注意言辞。

"在民宿里,弓香问我,是不是那些没到极端状况的人都不该发出声音呢?我认为是不该的。假如我们把被毒亲支配的人,比喻成在海里溺水的人。真里亚就是在激流之中喝着海水,几乎无法呼吸,陷在痛苦之中。弓香只是在浅滩踩水罢了。你以为自己

---

① 香典,白事时赠予死者家属的吊慰金。中国一般称为帛金、白包等。

是溺水了。如果你稍微冷静点,就会发现自己的脚完全能碰到水底,但你就是一直都没察觉。你说我们应该先救谁呢?可是,弓香在浅滩上大喊着救命啊、救命啊,引起了大骚动,以至于没人注意到海里有个人真的快要淹死了。这时候即使有人看向了大海,那些能救人的人也都在,可他们看到了弓香引起的骚动,就会觉得海里那一位搞不好也和你一样是在为了无聊的事情而胡闹。也许他们就因此而感到厌烦离开了。于是海里那位真的溺水的人,就再也没人注意到了。你就是在瞎添乱。"

弓香从正面凝视着我的脸。她很生气,但并不可怕。我只能感觉到她很可怜。

"你说痛快了?"

弓香微微提起嘴角,微笑着问道。而我甚至懒得回答她一句:"你在说什么呢?"

"你说会一直支持成为女演员的我,但其实你就是嫉妒我吧?看情况变成这样,你一定觉得我活该吧?你现在这样穷追猛打,像是打算成为评论家一样,心情一定是很好的吧?溺水?说什么傻话呢。"

弓香已经回不去了。现在即使她意识到重要的东西是什么,她的母亲也不会再回来了。

"那些事随便吧。"

"你怎么突然转变态度了?"

"弓香要是这么想的话,那这样就好了。我让弓香最好别去送花,是因为我觉得如果真里亚的母亲知道你是她女儿在演艺圈的朋友，搞不好会来敲诈你。因为我想，即使弓香不给她钱，她也会去找电视台闹事，她会搞一些有的没的，弄得你那边一地鸡毛不是吗？虽然我不认为自己是弓香的挚友，但作为你的同级生，我必须要保护你才行。"

"这……"

"但已经没事了。弓香自己打算怎么想，就怎么去想吧。你开心就好。我已经不想再和你有任何瓜葛了。我感觉今天真是浪费了时间啊。但是有一件事今天我下定了决心，只有这件事，我要努力做到才行。"

弓香什么也没有回答。她没有道歉，也没有继续装作强势，看着像是迷了路似的。但无所谓了，她爱怎么样就怎么样吧。

"我的女儿……我绝对不能把志乃养育成你这样的毒子。"

我说出我女儿的名字后，就突然特别想见到志乃，我想要紧紧地抱住她。

我在心中对真里亚说了一声下次见，就转身背对弓香，一步、两步地向前走去。我脑中的步调和脚下的节拍没对上，眼看就要摔倒，脚下的节奏渐渐成了跑步。这个楼梯明明知道眼前是向下的楼梯，却在平坦的地方给人一种一不小心就会被绊倒的错觉，结果我一屁股滑了三级阶梯，蹲在了地上。

好疼。那疼痛一点点扩散开来，一股灼热的东西在我的肚子里升起了。我想要呐喊，虽然没有任何意义，但我想要呐喊。对着谁、对着谁、对着谁……

妈妈，救救我。志乃，救救我。

此刻我是母亲还是女儿呢？我也不知道。

【那天，我远远地看到藤吉弓香的母亲正在过马路。一段时间以前她的后背还一直是笔挺的，但现在已经驼了下来，视线一直盯着脚。但她并没有那么直接往前走出一步。她先抬起头，视线前方是红色的交通指示灯。然后她看向右侧，那时候她应该已经看到了卡车正在驶来。但她毫不在意，像是拼尽了最后的力气一样，鼓起劲来让身体冲了出去。我甚至来不及喊出声。我怕别人说我是对藤吉女士的自杀行为置之不理，所以没敢和警察说。但我还是想要在哪里做出些忏悔。（当地居民）】

我坐到驾驶席上，尽可能不让体重压到那些摔得生疼的部位。发动了汽车。我想着如果把弓香送到车站就好了，就看了看后视镜，但汽车已经慢慢加速了，那里当然也没有映出她的身影。她之后自己打辆车就好了。

我眼泪流过的地方都很干燥，脸颊上像是起了一层粉末似的令我不快。于是我右手紧握方向盘，左手手背用力揉起了两边的脸颊。

说到底，我为什么会哭呢？我自己身上好像没什么非要痛哭一场的艰辛。

我对弓香断言说那些都是些过去的事情了，可在我自己的内心深处，也许依然留存着对妈妈的闷火。我对弓香所说的那些话，恐怕也是我对自己的一次重新评价吧。

话虽如此，我是早就已经远离了毒亲这片大海的。

为了联络同窗会的事宜，我给许久没联系的弓香发去邮件，发现她还像十几岁时那样没有变，回信里抱怨着自己与母亲的关系。我当时想，这不是傻吗？但是，这其中也有些欣慰的含义在。

就好像那些单身的同学，会在贺年卡上写一笔："我还是没什么变化，一个人摇摆不定地过着日子。理穗真厉害啊，努力成为了妻子，还成为了母亲，了不起啊。我真是太没用了，要向你学习啊！"之类的。和那个道理是一样的，我都只会当作玩笑话来看待。

我们两个都喜欢的那位漫画家，时隔十年又出版了新作品。我当时想要不要直接打个电话呢，然后我们再开玩笑说，要是买了漫画，肯定又要挨骂了。然后就只剩下炫耀自己的孩子，或者抱怨自己的婆婆了。

但是，这时我接到了妈妈的电话，听到了真里亚的死讯。

大概，我想和弓香说的事情，并不是真里亚有多么可怜。而是更为单纯的，可以边笑边说的事情。

你觉得母亲是个烫手山芋，我告诉你，婆婆才最可怕。弓香要是觉得我在骗你，那就自己结个婚试试吧。因为和婆婆共同生活的话，最长只需要一周，你应该就会觉得你妈妈是个特别好的人了。很多人就是这样结束了女儿的生活，成为了母亲的。

志乃在幼儿园里，就有不想玩在一起的孩子。光是想象一下孩子们自己去上小学的样子，我就已经很害怕了。你要和孩子一起写作业、一起做课程表，如果孩子的笔记本忘带了，你就得一路小跑送到学校里去。学校办活动的时候,你要挤到第一排来摄影。家长参观日的时候,你要穿得比谁都体面。

这全都是妈妈要做的事情。也许这会被志乃讨厌,但我不会气馁,我坚信着终有一天,志乃会理解我的苦心的。我正是怀着这样的信心采取着行动的。

如果这就是毒亲,那也罢了。反正这个称呼,在十年后也就消失了吧。

虽然我想,即使把这些事情都告诉弓香,也不会改变任何事吧……

不知怎么回事,婆婆的脸忽然浮现在我的脑海之中了。哎呀,好想和某个人一起,尽情地说说弓香的坏话。在涌起这个念头的一瞬间,我就笑了。我嘟囔道:"这不是傻子吗?"

这不是傻子吗?

母亲也好,女儿也罢——